文春文庫

ツチヤの軽はずみ

土屋賢二

文藝春秋

まえがき

本書は、『週刊文春』のコラム「棚から哲学」の連載を単行本にしたものである。「棚から哲学」というコラムは、哲学とは無関係なエッセイを掲載するコラムで、多くの読者から、「週刊誌にはめずらしく読まなくてもいいページ」、「このページがあると、他のページが有意義に感じられる」と、高く評価されている。

このような高い評価にもかかわらず、単行本にするという話があったとき、わたしの心には、ためらいと空腹感が同居していた（そのときちょうど空腹だったのだ）。ためらいを感じた理由は三百五十八あったが、いま思い出せるのは次の二つである。

第一に、わたしのコラムは他のページの引き立て役である。寿司における生姜やワサビの役だといってもいい。わたしのコラムだけを集めるのは、生姜やワサビだけを食べるのと同じで、おいしくも何ともないだろう。比喩を変えれば、抱き合わせで買わされる包丁だけ集めても、だれも喜ばないだろう。さらに比喩を変えれば、コップに水が入るのは、コップの中に何もない空間があるからだが、だからといって、何もない空間だけを集めても容器にはならないのである。

第二に、ここに収めたエッセイは、一週間に一ページ読むのにちょうどいいくらいの見当で書いてある。わたしの書くものは、五十年に一行読むのでも十分すぎる、と思う人もいるかもしれない。もっと極端に、一万年に一文字のペースで、しかも、読むのが自分でなくて他人、というのが許容限度だ、と考えている人もいるにちがいない（わたしがそうだ）。しかし、わたしのつもりとしては、一週間に一ページのペースで読まれることを期待して、あるいは、一週間に一ページ読まれないことを期待して、書いたものである。これをまとめて読むとどうなるか、見当もつかない。ようかんを一口食べておいしくても、百本まとめて食べるとおいしくないのだ。まして、わたしの書くものは「一口で二度（以上）まずい」のだ。こういうものをまとめて大量に食べたらどうなるか、想像したくもない。

これらの理由で、本にするのはためらわれた。しかし、食事をとって空腹感が消えるにつれて不安は消え去り、こういう問題は読者の問題であって、わたしに害が及ぶわけではない、と考えるようになった。

それに、ようかんを一ミリグラム食べてもおいしくないが、まとめて一口分を食べてはじめておいしさが分かる、ということもある。わたしの文章もまとめたら名文になるかもしれない。

ただ、ここで警告しておく必要がある。本書を買うだけでなく、中身を読む人もいるだろう。できれば読まない方がいいが、どうしても読む、一度に全部読むのではなく、という人は、一日一篇を限度として、一番判断力の弱ったとき（できれば睡眠中）に読んでいただきたい。間違っても一篇を一秒で読んではいけない。

こう警告しておけば、責任をとらずにすむ。こうして、予定通りの結論に到達し、わたしは出版を決意した。一時は迷ったが、現在は、旅に病んで、国敗れて山河あり、床前月光を看る、という心境である。

読んでいただくと分かるが、毎週書いていると、高水準を維持するのは、きわめて難しい。いま反省してみて、わたしが高水準を維持できなかった最大の理由は、高水準に達したことが一度もなかったからではないか、と考えている。その半面、この連載を通して分かったが、低水準を保つのは容易である。

ただ、弁解になるが、毎週毎週書いているのだから、いつもよい条件で書けるわけではない（この点では、一年に一回の連載でも十年に一回の連載でも、条件は同じである）。身体の調子が悪いときもあるし、頭の調子が悪いときもある。人間関係がうまくいかないときもあれば、洗濯機の調子が悪いときもある。講義がうまくいかないときもあれば、妻の機嫌が悪いときもある。念のために付け加えておくと、連載中、日本経済の調子もずっと悪かった。

さらにそのうえ、わたしには文才がないという最大の逆境がある。これだけの逆境の中で、よいものが書けるはずがない。だから中身に期待せず、「こんなに厳しい逆境だったのか」という同情的な態度で読んでいただきたい。そういうあたたかい心でわたしを見守れば、一人で二冊買うくらいのことはできるのではないかと思う。

単行本にするにあたり、考えた。わたしには著者としての責任がある。少しでも文章と内容を改善する必要がある。さいわい、改善の余地が多いことにかけては自信がある。改善の仕方が分からないという弱点はあるが、とにかく、単行本にするからには、できるだけのことをしなくてはならない。

連載中に読んだ人の中には、一度読んだものは二度と読まないというケチな方針を立てている人もいるだろう(そのくせ、そういう人は辞書や時刻表を何度も読んでいるのだ)。そういう人に配慮して、本としてまとめるにあたり、活字の組み方を変えてある。

さらに内容についても、大幅に刷新することに着手した。さいわい、着手は得意である。ただ惜しいことに、成し遂げるのが苦手であるため、いつものように着手だけに終わった。

だが、せめて文章には手を入れたいと思った。少なくとも句読点はきちんとしていなくてはならない。

わたしは句読点の使い方には、非常に神経質である。「わたしは、、。。！、」のように句読点が続けて書いてあったり、「わ。たしはこ、のよ、うに叱。られ。た」のように単語の途中で句読点が打たれたりしていると、気になってしようがない。句読点を中心に見直してみたが、すでに一度編集の目を通しているためか、とくに問。題になるような箇所は見、出せなかった。

だが、そのうち、わたしに必要なのは、もっと抜本的な書き直しではないか、という疑いが深まってきた。そこで大幅に修正しようと決意し、わたしの書いた文章をパソコンに表示させておき、目を閉じてデタラメにキーボードを叩いてみた。目を閉じたのは、できるだけ主観を排除するためである。

その結果できたものを読んでみると、修正前の方がはるかに出来がよいことが判明した。わたしは、このことから、自分の文章が完成の域に達していることを確認することができた。それと同時に、書き直しが必要ではないかという疑いを抱いたのは、謙虚な性格のためだったことも判明した。

このような紆余曲折を経た結果、ほとんど手を加えないまま本書が完成した。何の努力も払わないで放置したのと同じ結果になったのは残念である。

なお、いうまでもないが、本書には何のメッセージも主張もない。教訓、提言、知恵、ドラマ、笑いなど、有意義なものは一切求めず、心を無にして買っていただきたい。

ツチヤの軽はずみ＊目次

ツチヤの軽はずみ

本文イラスト　土屋賢二

熟慮は疲れる

連載の話があったとき、迷いに迷った。多くの人に読んでもらえるのは願ってもないことだ。しかし文章を読まれると人間性が知られてしまうものである。いままでの経験では、わたしという人間の内容が知られれば知られるほど、評判は低下する傾向がある。「もっと人格を磨いてからにしたら」という腹立たしい忠告をする人もいた。

今のままなら、わたしを知る人は少ない。これまで本を何冊か出したが、いずれも発売当初から面白いように売れ残っている。連載しないでこのままひっそり暮らしていけば、悪評を比較的狭い範囲にとどめておくこともできるのだ。

時間的余裕があるかどうかも問題だ。いまのところはまだ余裕があるが、人生何があるか分からない。万一ノーベル賞でももらったりしたら、忙しくて原稿を書くどころではなくなる恐れがある。さいわい哲学の分野にはノーベル賞がないが、ノーベル哲学賞が新設される可能性も考えておく必要がある。

体力にも自信がない。連載を始めたら忙しくて病気もしていられなくなるだろう。おちおち死ぬこともできないのではないかと心配である。

根気の点でも不安がある。日記でさえ一週間以上続いたためしがない。こどものころ、夏休みの宿題の日記は、父に書いてもらっていたのだ。

考えていけば悩みはつきない。これほど悩んだことは、これまでの人生の中でも二十回しかない。わたしは結論を出すまでの一カ月間、真剣に考え、迷い、食べ、眠った。ちょうどそのころセ・リーグの優勝争いが激化したこともあって、わたしの神経は緊張の極に達した。

人間には、何でも簡単に決めて後悔するタイプと、熟慮の末に決断して後悔するタイプの二種類あるが、わたしは後者のタイプである。とくに、ラーメンにするかタンメンにするかといった重要な問題になると慎重である。優柔不断の域に達しているといってもいい。

これだけ慎重な人間なのに、なぜまわりの連中がわたしを軽率な人間と考えているのか、理解できない。たとえば、よく健康診断で病気が見つかってあわてる人がいるが、慎重なわたしには考えられないことだ。万一異常が発見されたときに備えて、できるだけ健康診断を受けないようにしているのだ。

車にしても、慎重な性格のため、一度も事故を起こしたことがない。免許はもっているが、運転するような危険は冒さないのだ。慎重のあまり、二年前まで免許ももってなかったほどだ。

連載の話を慎重に検討・熟慮し、その疲れで判断力が一番弱まったとき、わたしは決断した。担当の編集者にすがすがしい笑顔で承諾の意を伝えたのである。心の整理はこうつけた。

①悪評の問題は簡単に解決する。人格を磨きさえすればいいのだ。時間はかかるだろうが、五十年もすればわたしの人格が向上するか消滅するか、どちらにしてもいまよりよくなるだろう。

②時間的余裕の問題も解決できる。わたしの書くものは時事には関係ないので、書きだめが可能である。四本書いておけば一カ月休める。四万本書きためたら、わたしの試算では四万週間休める計算になる。連載が始まるまでに百本ほど書きだめしておけば問題はない。

③身体の問題については妥協するしかない。病気になることもできず、死ぬこともできないが、我慢するしかない。

④毎週毎週書き続けられるかという不安はなくならないが、考えてみれば、不安なのはわたしだけではない。編集の人や読者諸氏はわたし以上に不安をおぼえているにちがいない。この事実に気づいたとき、不安が軽くなるのが感じられた。

決断を下してから四カ月がたつ。いま、締切は数時間後に迫っている。余裕どころではない。病気をしていられないはずなのに、風邪をひいている。書きだめはゼロである。かわりに書いてもらおうにも父はもういない。

熟慮を五分間続けると

老化の喜び

年が明けると「おめでとう」というが、年が明けるのがなぜめでたいのだろうか。結婚がめでたいといわれるのと同じくらい不可解である。むしろ、「これでまた一つ年をとる」と考えて、暗い気持ちになる人の方が多いのではなかろうか。とくに、年をとることを忌み嫌う風潮がはびこっている昨今ではなおさらである。

しかし年をとるのはそんなに悪いことなのだろうか。

どんなものにも両面の真理がある。古代ギリシアのプロタゴラスはどんなものについても真理は一つではないと主張した。その彼に次の逸話が残っている。

プロタゴラスは裁判に勝つための弁論術を教えていたが、弟子の一人が授業料を払わないので、裁判に訴えた。弟子は、「裁判に勝つ技術は教わらなかった」と反論した。これに対し、プロタゴラスはこう主張した。

「もしわたしが裁判に勝ったら、弟子は判決に従って金を払う義務がある。もしわたしが負けたら、弟子が裁判に勝つ技術を身につけたのだから、その謝礼を払う義務がある」

弟子も負けずに反論した。

「もしわたしが勝ったら、判決通り、金を払う必要はない。もし負けたら、裁判に勝つ技術を教わらなかったことになるのだから、金を払う必要はない」

両面の真理は、食事の仕方にもあるように思われる。出された料理を嫌いなものから順に食べる人と好きなものから順に食べる人に分かれるが、どちらにも理屈がある。

嫌いなものから食べる人の理屈はこうだ。

「好きなものを後に残すようにすると、一口食べるたびに前回口にしたよりおいしいものを食べることになる。一口ごとにおいしさが増していくことになるのだ。逆に嫌いなものを後に残すと、一口ごとにまずくなる」

これに対し、好きなものから食べる人にも理屈がある。

「好きなものから食べると、目の前の料理のうちもっともおいしいものを食べ、その次も、残った料理のうちでもっともおいしいものを食べることになるのだから、つねに目の前の料理のうちもっともおいしいものを食べていることになる。逆に嫌いなものから食べる人は、つねに目の前の料理のうちもっともおいしくないものを食べていることになる」

このように何事にも両面の真理がある。当然、ダカツのように嫌われる老化も悪い面ばかりであるはずがない。それどころか、悪い面を見つけるのが難しいほどだと思う。現にわたしは機会あるたびに老化を賛美してきた（これはわたしの老化が相当進んでいるからでもある）。冷静に老化のいい面、悪い面を列挙してみれば、老化の長所が明らかになるはずである。

①「若気のいたり」といういいわけが使えなくなるかわりに、「もう年なので」といういいわけが使えるようになる
②老人性高血圧になるかわりに若年性高血圧にならなくなる
③身体の働きが悪くなるかわりに、それに気づきにくくなる
④髪の本数が減るかわりに、しわの数が増える
⑤体力が低下するかわりに血圧が上昇する
⑥覚えにくくなるかわりに忘れやすくなる
⑦気が短くなるかわりに説教が長くなる

⑧耳が遠くなるかわりに小便が近くなる
⑨小便が出にくくなるかわりに目やにが出やすくなる
⑩いじめられやすくなるかわりに性格が悪くなる

こう列挙してみると、年をとるのも一長一短あり、いいことばかりではないような気もする。どちらかというと悪い面の方が多いかもしれない。年をとるのも考えものである。

最近視力と頭がボケてきたが、
輪郭までボケてきた

正月の浄化作用

大晦日、紅白歌合戦は見なかった。以前は毎年見ていたのだが、人間的に成長するにつれて、戦争形式の歌番組というものに興味がもてなくなったのだ。興味を失ってから、早いもので三年になる。

大晦日の夜は、岡山の実家で風呂にゆっくりつかりながら翌年の誓いを立てた。誓いを立てるときは、これで自分も真人間になれる、というすがすがしい気分に満ちあふれるものだ。立てた誓いは二十個である。その中には、「誓いを忘れない」という誓いもあったが、どんな誓いを立てたか、いまではっきりとは思い出せない。たしか、「早起きする」とか「むやみに誓いを立てない」といった誓いのほか、「立派な人間になる」とか「巨人が優勝する」という、どうやったら守れるのかよく分からない誓いも一応含めておいたと思う。

誓いを立てた後は人間が生まれ変わったような気分になる。わたしは「明日から早起きだ」と、目覚まし時計をセットして機嫌よく一年最後の眠りについた。

一夜明けて、元旦早々、早起きの誓いを破ったことに気がついたわたしは、「誓いを破ってもくよくよすまい」という誓いも立てておいてよかったと胸をなでおろした。誓いのことはすっかり忘れ、正月気分を満喫しようと、近所にある後楽園に出かけた。

小雨まじりの寒風がふきすさぶのを除けば、おだやかな新春の一日だ。みんな正月らしく思い思いに着飾っている。やはり服装は気分を変えるものだ。わたしも洗濯したてのジャージーに身をつつみ、新鮮な気分である。これで歯を磨き、髭を剃っていたらもっと新鮮だったろう。

後楽園は元旦には無料公開される。そのためか人出が多く、あまり落ち着いて見物できない。正月の入場料を二倍にすれば人は少なくなり、もっとゆったりした気分が味わえるだろうに、と思う。ただ一つ残念なのはわたしがそれを味わえないことだ。わたしも行かないだろうから。

一通り園内を見て歩くと、園内にある茶店で甘酒を飲んで冷えきった身体を暖める。そのあと近くの神社に参拝する。家の宗旨は天台宗だが、わたしは慎重な性格のため、一つの宗教にすべてを託すという危険は冒さない。

神社も人出は多かった。参拝といっても、実際には礼拝ではなく、神様に注文を出すだけである。尊敬を払わず、勝手な注文をつけるだけの人々が列をなしているのを見て、神様は気を悪くしているだろう。そう思いながら、わたしも列に加わった。

祈りの内容は、ペルーの人質事件の解決、世界平和の達成、哲学問題の解決、家庭円満などである（家庭円満というのが一番難しいかもしれないと思う）。

誓いを立てたり、お祈りしている最中は、だれでも生まれたばかりのように心清らかになる。参拝して心が洗い清められた後は、境内で売っているタイ焼きを食べて冷えた身体を暖める。正月にした主なことは、身体を冷やしては暖めたことだといえる。

それにしても、正月という、たんに人為的にもうけた区切りによって、手垢にまみれた心が一新され、すがすがしい気分に包まれるのは不思議である。犯した罪が清められ、傷ついた心がいやされる気がするのだ。たぶん、時間がいったんとだえて、新たに自分が再生するという文化人類学的意味があるのだろう。連続性とか歴史意識というものだけでは人間は生きていくことができず、定期的にチャラにしてもらう必要があるのだ。

人の心はすぐ変わる。新年を迎えて一週間が過ぎた。正月の清新な気分ももう色あせてきた。そろそろ浄化が必要だ。来年の正月が待ち遠しい。

紙面の都合・わたしの都合

新聞に書いてあることは、必要十分なのだろうか。

少なくともわたしにとっては株式欄は不必要である。昔、NTTの株を人の尻馬にのって買った直後に暴落して以来、株式欄は見ないようにしているのだ。それに株に手を出すなというのが家訓だから、もともと株式欄は見てはならないのである。できれば株式欄を白紙にしてほしいと思う。そうすればうっかり見てしまうこともなく、メモ用紙として使うこともできる。

わたしが何よりも疑問に思うのは、ニュースが多かろうが少なかろうが、割り当てられるスペースがほぼ決まっているということである。

スポーツ欄だけでも、プロ野球とJリーグと世界陸上と大相撲と高校野球が重なる日もあれば、スポーツの試合が草野球以外行なわれていない日もあるのに、スペースはたいして変わらないのだ。同じスペースを保つために、重要なニュースを省いたり、どうでもいいニュースを無理やり混ぜたりしているにちがいない。

しかしこれは本末転倒ではなかろうか。紙面のスペースというものは、本来、書かれる内容によって決められるべきなのに、まず紙面の大きさを決めておいて、そこに記事をあてはめているのだ。もっと臨機応変に、今日はメモ用紙一枚、明日は週刊誌規模、その次の日は百科事典大、というふうであってもよいのではないか。

テレビでも同じである。ニュースなど、重大事件のときは延長することがあるが、ニュースがないときに時間を短縮する、ということがない。

たまにはアナウンサーが「今日はニュースはありません。ごめんなさい」というのを聞いてみたいものだ。

ドラマにしても、決まった時間枠に合わせて内容を調整している。もし時間枠にとらわれず自由に作ったら、「八時四十七分までは終わるはずがない」とたかをくくって「水戸黄門」を見ていたら五分で終わったとか、朝の連続ドラマが十五分で終わると思っていたら十時間かかったなど、ハラハラする要素が加わってずっと楽しくなる。

新聞やテレビほどではないが、単行本も一冊の長さがだいたい決まっている。もし内容に合わせて本が作られたら、極端にページ数の少ない本も登場するだろう。わたしの書いた本など表紙だけですむ。

葉書のスペースが固定されているのも不合理だ。書きたいことがほとんどなく、二センチ角程度の大きさで足りることもあるし、それどころか書きたいことがまったくないこともあるのだ。本文を書くスペースがないような葉書や宛名を書くスペースもない葉書も作ってほしいと思う。

本欄も不当に枚数を制限されている。あと三行ですばらしいエッセイになるところを泣く泣く削っているのだ。

考えてみれば本欄そのものがページ合わせのために作られているのかもしれない。それどころか、広告以外はすべてページ合わせのために作られているのかもしれない。

人間の都合より紙面の都合を優先させるのは、本棚の大きさに合わせて本を買うのと同じくらいばかげている。ベッドに合わせて人間の脚を切るのと同じくらい非人道的だ。こういう形式主義が、内容のない薄っぺらな人間を作るのだ。どんな人間を作るかを知りたければ、わたしを見るがいい。文章とは縁のないまわりの連中までそろって薄っぺらだ。どこまで被害が及ぶのか、見当もつかない。

枚数制限がなくなると、「紙面の都合で省略する」といういいわけがきかなくなるが、この問題については、紙面の都合で省略するほかない。それよりも心配なのは、くだら

涙の試験監督①

大学入試センター試験が行なわれた。例年通り二日間監督をつとめ、例年通り疲れたが、今年はそれだけで終わらなかった。

どの試験室で監督するかは年によって変わる。昨年はわたしの大学で一番大きい教室の担当だった。その大教室には新聞社が毎年写真取材にきており、七名の監督者の顔ぶれを知ったとき、わたしは、よくぞここまで見栄えのいい教官を取材用に選りすぐって集めたものだ、と思った。選りすぐりの七人中、わたし以外の六人は引き立て役だ。わたしがその試験場を担当したのはその年だけだった。大学本部が取材を意識して担当者を決めたのはその年だけだったようだ。

今年はうってかわって三十人ほどの受験生が入る小さい試験室の担当だ。いまから思えばこの教室が曲者《くせもの》だった。

試験監督というものは簡単そうに見えるが、だれにでもできるというものではない。とくに生後三カ月まではまず無理だ。監督者はマニュアルに書いてある通りのことを読み上げることができなくてはならない。しかもふりがなはふっていない。大学教師には難しすぎると判断したのか、事前に説明会で入念な説明を受ける。本当ならリハーサルを五回はやってくれないと不安なところだ。

試験室は緊張がみなぎり、受験生の熱気がひしひしと伝わってくる。とても麻雀をする気にはならない。試験が始まると、問題に取り組む受験生の真剣さでさらに空気は張りつめる。聞こえるのは、さらさらと鉛筆で誤った答えを書きこむ音ばかりだ。針が落ちても聞こえるというが、一メートルくらいの巨大な針が落ちたら聞こえただろう。

このように若者がものもいわず、悪事以外のことに一生懸命取り組んでいる姿を見るのは気持ちがいいものだ。電車の中でだらしなく足を投げ出している緊張感のない姿とは大違いだ。電車内でも試験を実施したらいいのではないかと思う。酔っぱらいの中年男集団にも試験を課すべきだ。

監督の仕事は二つの部分から成り立っている。①監督する、②受験生の邪魔にならないよう発声練習したり三段跳びをするのを慎む、の二つである。

マニュアルには書いてないが、試験中ずっとニヤニヤするのも慎まなくてはならないだろう。かといってずっと笑いをこらえ続けているというのも慎まなくてはならない。慎むということが監督という仕事の大部分を占めているのだから、監督の仕事が面白いはずがない。強いていえば、試験される側でないのがうれしい程度だ。

受験生の邪魔をしないでじっとしているというのは非常に難しい。以前は試験問題を解いていたが、いつのころからか、高校生レベルの問題をいちいち解くのはばからしいと思うようになった。ちょうど問題を解けなくなったころからだ。

最近ではかわりにいろいろな考えごとをするようにしている。入試制度のありかたや日本の将来といった重要な問題を考えていると、しだいに眠くなってくる。これではいけないと思って、哲学の問題を考えていると、しだいに眠くなってくる。これではいけないと思って、とにかく眠らないようにしようと努力していると、しだいに眠くなってくる。これではいけないと思って、立ち上がって試験室の中を見回ることにする。これは必然の流れであり、監督者が受験生の間を見回っている背景にはこのような事情がある。監督者が見回っているのを見たら、十中八、九、見回っていると考えて間違いない。

受験生の間を見回っているときには、まさか数分後に涙を流すことになるとは思ってもいなかった。

涙の試験監督②

大学入試センター試験の監督をするたびに不安に思うことがある。マニュアルに従って受験生に注意を読み上げるのだが、その中には「定規、コンパス、ソロバン、電卓、時計のアラーム」と読み上げた次に、「は使用してはいけません」と続く箇所がある。前半を聞いた受験生は「をいますぐ食べなさい」と続くのか、「を目に入れてはいけません」と続くのか、見当がつかないのではないだろうか。後半のせりふを聞くころには前半を思い出せないのではないか。

改善の方法を考えながら、わたしは受験生の間を見回っていた。試験室の通路は狭く、教室の中を一往復する間に蹴とばした受験生のカバンは三つを数えた。

その数分後、わたしは激痛に襲われた。教室の後方を歩いていて、ガス栓に思いきり足首をぶつけたのだ。どうして教室にガス栓をつけてあったのか知らない。なべ料理屋を始めようと思ったのかもしれない。とにかくわたしはカバンとガス栓の違いをこのときはっきり知った。

足をぶつけた瞬間、ゴーンという重低音の衝撃音がガス管を伝い、部屋中に響きわたった。わたしには建物全体がゆれたように思えたが、受験生はだれも振り返らない。たぶん隣の部屋で象がジャンプしたとでも簡単に考えているのだろう。一瞬おいて激痛が走り、二秒後、涙がにじんできた。

形容しがたい激痛だ。あえてたとえるなら、虎屋のようかんのようだ。確実に足が三本は折れたにちがいない。本当に折れていたら新聞に書かれるだろう。

「試験監督中に謎の骨折。しかも足三本」

ふだん、力を出そうとしてもなかなか出ないのだが、ガス栓を蹴るという、一番力が入ってほしくないときにかぎって異常に力が出るのだ。しかも、ふだんならサッカーボールをまともに蹴るのも難しいのに、足の一番弱いところに、狙いすましたように正確な打撃を加えたのだ。もう少し当たりどころがずれていたら、これほど痛くはなかっただろう。さらにずれて、当たったところが他人の足だったら、痛みはまったく感じなかっただろう。

人間、都合の悪いときには力も正確さも発揮できるものだ。そう考える余裕もなく、目には涙がみるみるあふれてくる。うめき声がのどまで出ているのを必死の思いで押さえこむ。

五〇センチほど離れたところでは受験生が真剣に問題に取り組んでいる。とてもなぐさめてもらえる雰囲気ではない。どんな激痛に襲われても、何事もなかったようなふりをよそおわなくてはならないのだ。

いままで、うめくことは意味のない生理的条件反射だと思っていたが、うめくことがどんなに救いになることか、はじめて痛いほど分かった。うめくことができない今の状態は、ちょうど「何かしゃべらないと殺す。ただし声を出してはいけない」と脅されているようなものだ。自由にうめくことができたら税金を払うのをやめてもいいとさえ思う。

声を立てることもしゃがみこむこともできず、寝そべることもできない。「ビア樽ポルカ」をトランペットで吹くこともできない（ふだんでも吹けない）。できるのは、涙を流すことと、息を殺してあえぐことだけだ。

涙を流すのは、子犬が里親から離されるのをテレビで見たとき以来だ。

涙を浮かべたまま進退きわまった状態が五分は続いた。わたしが不自然な姿勢で立ちつくしているのを不審に思った受験生もいたにちがいない。一昼夜立ちつくして思索にふけったソクラテスのように哲学的思索にふけっていると誤解してくれることを祈るばかりだが、ソクラテスの話などだれも知らないだろう。

受験生の中にはこの日泣いた人もいるだろうが、試験監督の中にも泣いた者がいたのである。

何を失ったのか

いまになって思うと、わたしの全盛期はこども時代だったと思う。わたしのこども時代は華々しかった。小学生のころには、多くの天才たちと同様、児童の名をほしいままにしていた。このままいくと将来はきっと大人になるにちがいない、とみんなに思われていた。

わたしは世間の期待を裏切らず、無事、中高年のオヤジとなっているが、児童を経て大人になる素質は生まれたときから備わっていたのだと思う。わたしが生まれて一週間後には、家族の中にわたしの名を知らぬ者はいなかった。小学校に上がると、わたしの名はまたたく間にクラス中に知れわたった。人の名前が覚えられない頭の悪いこどもを除くクラスの三分の一は、わたしの名前を知り、「土屋くんがガラスを割った」などと先生に告げ口したりしたものだ。

わたしが生まれ育ったところは、岡山県の宇野という瀬戸内海沿岸の町である。駅でいうと、東京の池袋から新宿方面行きの山手線に乗り、何回か電車を乗りついで、山陽本線の鴨方《かもがた》という小さい駅に着いたら、乗り間違えたと思っていい。それでもノサップ岬やケープタウンに着くよりはまだいい。

宇野よりはるかに目立たない駅に八浜《はちはま》というところがある。その八浜が目印になる。八浜を目指して電車と船を乗りつぎ、四国の高松から瀬戸内海を渡って八浜駅に無事着いたら、その手前の駅が宇野だ。

その町で過ごした日々は幸福の絶頂だった。小学生のころ、毎日のように家の近くの丘に登り、大きい岩の上に腹ばいになって海を見たものだ。対岸の高松の町並みが遠くにかすみ、おだやかな瀬戸内海の上を大小の船がゆっくりと行きかっているのが見えた。当時は何とも思わなかったが、いま思いかえすとそれが至福のときだった。あのころには二度と戻れない。

しかし、どうして二度と戻れないと思うのだろうか。同じ幸福が味わいたければ、いまからでも池袋から電車に乗って宇野に行き、同じ岩に腹ばいになればよさそうなものだ。それで足りなければ、小学校にもう一度入学してもいいではないか。

だが何をしても昔の幸福は絶対によみがえりはしないだろう。何か貴重なものが決定的に失われたという気がするのだ。では何が失われたのだろうか。奇妙なことに、いくら考えても失ったものは見当たらない。

そのころより何もかも増えていて、失われたものは何もないとしか思えないのだ。身長、体重、腕力、貯金、知識、想像力、感性、病気、シワの数、欲望、欲望充足の手段など、どれをとっても当時よりははるかに多くを手にしているのだ。

純真さが失われたのかとも思えるが、しかしこどものときも悪いことを考えていたのだ。嘘もついたし、小ずるく立ち回って自分の利益をはかったりもした。

感動が失われたわけでもない。最近、感動することが少なくなったが、小学生のころは感動することはさらに稀だった。第一、海を見て感動していたわけではない。ただぼんやり見ていただけである。もし感動していたら、思い出すのも恥ずかしくて、幸福な思い出にはならなかっただろう。

結局、生活があまりにも複雑になりすぎたのだと思う。どこでどう間違ったのか、気がついてみるといつの間にか無数の義務にしばられ、大量の欲望に振りまわされ、多数の敵と少数の味方にこづきまわされている。なぜか大人になるとだれでも同様の生活を強いられるのだ。

定年になって、この複雑多忙な生活から解放されるのが待ち遠しい。定年になったら、海辺の公園のベンチでのんびり海を見ながら、しみじみ昔を振りかえるのだ。そして、こづきまわされ、振りまわされていたころの幸福は二度と戻ってこない、とため息をつくだろう。

この頃からみると、今は相当間違った
生活をしているように思える

速いのがいい

パソコンを買った。パソコンはわたしの生活の中では不可欠である。わたし自身よりもはるかに不可欠だ。これまでもっていたパソコンもまだ十分使えるが、最新のパソコンを買ってさらに能率化をはかろうと思ったのだ。

最近のパソコンはマルチタスクといって、同時に複数の仕事を実行できる。だから仕事に使うソフトをいくつか起動したまま、それらを無視してゲームを楽しむことができる。実に効率的である。

パソコンを選ぶとき、一番重視したのは高速性である。最近のパソコンは非常に高速化しており、わたしの財布から金がなくなるのよりも速いほどだ。その中でも最高速に入る機種を選んだ。選定にあたっては、何種類もの雑誌のテスト結果と預金残高と妻の機嫌を綿密に比較検討し、日本経済の動向と月間気象予測と今月の運勢を参考にした。

新しく買ったパソコンは、二億分の一秒単位で処理をする。少なくともいま計算したところではそうだ。さっき計算したところでは二十兆分の一秒だった。その前の計算では二分の一秒だった。とにかくその間に光は何センチかしか進めないという速さだ（かりに二分の一秒だとしても、光はその間に百五十億センチしか進めない。いま計算したところでは）。

高速のものを選んだといっても、速度の細かい違いがわたしに識別できるわけではない。心理的効果があるだけだ。入力の間にも「はよせんかい、われ」とパソコンに何千兆回も怒鳴られていると思うと落ち着けない、という効果がある。

高速性にこだわるのは、待たされるのが嫌いな性格のためである（そのかわり、人を待たせるのは気にしないことでバランスをとっている）。パソコンが処理しているのを待っている〇・五秒が惜しいのだ。〇・五秒あれば、学術書を五冊ほど読んで思索をめぐらし、疲れた頭を休めるために三泊四日の旅行ができるような気がする。とにかくパソコンに向かっている三時間という時間そのものが無駄であるということには平気でも、そのうちの一秒の無駄が許せないのだ。そんな短い時間が何になる、といってばかにしてはいけない。一秒もあれば急死することだってできるのだ。

速さを求めるのはわたしにかぎったことではない。かりに速くておいしい牛丼屋と遅くてまずい牛丼屋があったとしたら、だれでも速い牛丼屋を選ぶだろう。それほど人間は速さを求めているのである。

それどころか、人々は一秒でも非常に貴重だと考えてきた。コンピュータの処理時間を一秒短縮するためなら何年、何十年、いや一生を費やしても惜しくないと考えてきたほどだ。それ以外の人々も、百年以上費やして一生を過ごしたいものだと思ってきた。人類の歴史は高速化との闘いだったといってよい（いわなくてもよい）。

あらゆるものを高速化して時間を作ろうと努力してきた結果、人類は飛行機を発明し、高速道路を建設した（高速道路だとかえって遅くなる場合を見越して、一般道路も建設しておいた）。そのほか、抜け道マップ、速達、十分間洗濯機、瞬間接着剤、三分間写真、ビデオの早送り、エレベータの閉ボタン、「玄関あけたら二分でごはん」、一カ月で十キロやせる方法、とんぷく、わんこそばなどを開発してきた。わたしも個人的に入浴時間を短縮するなど工夫している。ジェットコースター、芸能人の離婚なども時間短縮の試みだといってよい（いわなくてもよい）。

パソコンを買ってから一週間たつ。高速化したら余裕ができると思っていたが、奇妙なことによけい余裕が失われたような気がする。買ったパソコンが十分高速でなかったのかもしれない。

くりかえしは効く

最近、週末になると決まって頭痛に襲われる。考えられる原因は三つある。①女子大で哲学を教えている五十代の上品な紳士によく見られる、回帰性脳膜破裂院大腸カタル居士（平たくいうと、慢性老衰症候群週末一泊型、別名、心因性外反拇趾）にかかっている、②だれか非常に身近な人間が週末になるとわたしが眠っている間に頭をバットで殴っている、③未知の原因による。

おそらく最初、週末に頭痛が起きるのが偶然何回か続き、週末は頭痛だ、ということを身体が学習したのであろう。

学習はくりかえしによってなされる。犬が「お手」を学習するのも、人間が九九を学習するのも、くりかえしによる。道具でも使い込んでいるうちに手になじんでくる（正しくは手が道具になじむというべきだと思うが）。

このように、何回かくりかえすうちに定着するという現象は広く観察されるが、よく知られた古典的な例は「パブロフの犬」の実験である。これは、パブロフ博士が犬に食事を与えるたびにベルを鳴らすのを十数年続けたところ、犬が死んだという実験である。これにより、ベルで死を防ぐことはできないことが判明した。さらに、犬が死ぬ以前には、ベルが鳴るだけで、自動的にパブロフ博士が犬に餌をやるようになっていたという。

同様の現象を以前テレビで見たことがある。アメリカで、難病にかかった少女がいた。治療に使われる薬は副作用が激しい。薬の量を減らすため、薬を飲むたびに特定の匂い(バニラだか、レバニラだかの匂いだったと思う)をいつもかぐようにしていたところ、匂いをかぐだけで薬の効果がえられるようになり、副作用をまぬかれることができたという。しかも、患者が匂いをかいでいるだけだということを承知していても、薬効には変わりがなかったらしい。

匂いが薬のかわりになるというのが本当なら、非常に便利である。金がないときなど、食べ物の匂いをかいだだけで食べたのと同じ効果がえられるだろうし、遭難しても匂い袋のようなものさえ持っていればよい。ただ、ダイエット中の人は匂いをかいだだけで脂肪を摂ったのと同じ効果がえられることがあるから不便な面もある。逆に、バニラ・エッセンスがないとき、薬を飲めばバニラの香りをかいだ効果がえられるだろう。

ただ、テレビを見ていて疑問に思ったが、匂いをかぐことによって薬の効果がえられるのなら、匂いによって副作用も起こりそうなものだ。これについての説明はないまま番組は終わり、わたしには、一万二千五百三十一個目の未解決の疑問が残った。

くりかえしの力が大きいことはたしかだが、どんなものにも同じように効くわけではない。くりかえしがどの程度効力をもつかに応じて、物事を分類すると次のようになる。

①くりかえしによって定着するもの（「お手」、九九、ギャンブル、酒、タバコ、怠けぐせ、不健康な食事、不幸な結婚生活）

②くりかえさなくてもひとりでに生じるもの（病気、死、ギャンブル、酒、タバコ、怠けぐせ、不健康な食事、不幸な結婚生活）

③くりかえしても定着しないもの（「お座り」、三角関数、英会話、ダイエット、禁煙、早寝早起き、親孝行、乾布摩擦）

④くりかえすにつれて悪化するもの（借金、妻の料理、電気掃除機の吸引力、ギャンブル、酒、タバコ、怠けぐせ、不健康な食事、不幸な結婚生活）

本欄の連載を始めるとき、担当者は「連載しているうちに頭も身体も慣れますよ」と保証してくれた。ちょうどインチキ不動産屋が幹線道路沿いの家を見せて「こんな騒音にはすぐに慣れますよ」と保証するのと同じ口調だった。しかし連載を何回かくりかえしたいま、頭痛は定着したものの、いっこうに書きやすくなる気配がない。書きにくさが定着したのかもしれない。

パブロフ博士とその犬の想像図

才能は早く摘み取れ①

ピアノの普及は目をみはるばかりだ。昔は「ピアノをもっている」といえば驚きの目で見られたものだ。とくにピアノが発明される前がそうだった。

それがいまでは一変している。先日わたしが学生にあたって調査したところ、驚いたことに調べた学生全員がピアノを習ったことがあると答えた。この結果を外挿法（外税方式ともいう）という統計的手法を使って処理すると、日本国民のなんと一〇三パーセントがピアノを習い、そのうえにフレンチ・ポテトを食べたことになる。

調査対象が音楽科ピアノ専攻の学生三名だった、というやや特殊な事情は割り引かなくてはならないが、少なく見積もっても日本人の二人以上がピアノを習っているといえるだろう（三人に一人はウソをつくか、質問の意味を理解できないものとして計算してある）。

これは、ネコもシャクシもピアノをやっているというべき状況である（ネコやシャクシがピアノをやっているという証拠は発見されていないが、ピアノをやっていないという証拠も発見されていない)。

このようなピアノの普及の裏には、さまざまな原因がある。生活水準の向上、住宅事情の改善、ピアノ会社の努力、ピアノ教師の増加、ピアノを習う人の増加などの原因が考えられるが、ピアノを買う人の増加が最大の原因だろう。

それを支えているのは、親の錯覚である。親はこどもがちょっとピアノの鍵盤をなぐっただけで、いや、ピアノの方に目を向けただけで、この子は天才だと確信するのだ。こどもの視野の一部にピアノが入ったという事実を基にして、「この子はピアノに興味を示した。ゆえにこの子は大ピアニストになる天分をもっている。ゆえに大ピアニストの芽を伸ばすのが人類に対する責任だ」と結論を下すのだから、論理的能力が疑われるが、他人の子がピアノに耳を傾けているのを見ると、「この子は首を傾けているだけだ」と、きわめて健全な判断力を示すのだ。まことに親心というものは、古人が、

「這えば立て　立てば歩めの親心　からくれないに水くくるとは」

と歌った通りである。

しかし思うに、どうしてみんな演奏家になろうとするのだろうか。いくら練習しても、演奏家になれるのはほんの一握りである。ピアノで食べていくのは、ピアノを食べるく

らい難しいのだ。

そもそも自分で聞くにたえない演奏をするよりも、人の名演奏を聴く方がずっと楽しくて価値があるのではなかろうか。どうして聴くことに満足していられないのだろうか。自分でやってみないと深く理解できない、といわれるかもしれないが、それならどうして道路工事などを自分でもやって理解してみようとしないのか。

最近、スポーツでも芸術でも、他人のやっているのを見るよりは、自分でやる方が尊いと考えられる傾向がある。しかしギリシアの哲学者ピタゴラスはそれと反対の考えをもっていた。

ピタゴラスによれば、オリンピックに集まる人々には、競技をしにくる選手、それを見る観客、観客にものを売る商人の三種類がある。人間の生き方もこれと同じで、名誉を求める者、金を求める者（商人）、たんにものを見る者（哲学者）、の三種類に分類できるが、そのうち、もっとも尊いのは、たんにものを見る者だというのだ（もしピタゴラスが商人だったら、金を求める者がもっとも尊いといっていただろう）。これを音楽にあてはめると、自分で演奏するよりも演奏家の顔を見ている方が尊いことになる。

わたしはピタゴラスの味方をえて、あえて主張したい。演奏の才能はこどものころに摘み取ってしまうべきだ、と。理由は来週までに考えることにする。

才能は早く摘み取れ②

【前号までのあらすじ】

正月を故郷で過ごしたわたしは、字数制限に抗議したが、試験監督をつとめながら涙を流す。一方、こども時代を回想してパソコンを購入したパブロフは、ピタゴラスにピアノをやめるようにいわれてしまう。

音楽の才能は早くから開花する。マイケル・ジャクソンやスティービー・ワンダーのこども時代を見よ。こども演歌大会、こども民謡大会を見よ。彼らの歌唱力を、長年歌手を夢見て歌を練習してきたわたしの歌唱力と比較せよ。

歌唱力にかぎらず、音楽の能力はこどものころに勝負はついている。モーツァルトは三歳で作曲した。わたしも、自慢するようで恐縮だが、三歳のころ、ちゃぶ台の上に乗り、二本の箸を使ってバイオリンを弾《ひ》く真似をして親を驚かせたという（さすがのモーツァルトもこの点ではわたしにはかなうまい。モーツァルトには、ちゃぶ台も箸もなかっただろうから）。音楽的目的のために箸を使ったのはわが家ではわたしがはじめてだったのだ。もし家にバイオリンがあって、バイオリンと弓を箸がわりに使っていたら、親はもっと驚いていたにちがいない。

わが子の才能に驚嘆した親は、小学校四年になったとき、わたしにハーモニカを買いあたえた。ハーモニカで「軍艦マーチ」を吹くという目標を達成できそうにないことが明らかになったころ、わたしはたて笛の素朴な音色に魅せられるようになり、ハーモニカをたて笛に切り替えた。

これを皮切りに、わたしは音楽的な壁にぶつかるたびに、楽器を替えることによって乗り越えてきた。ただ、いまになって思えば、楽器を替えずにずっと練習し続けていたら、いまごろは立派な箸使いになっていたかもしれない。

もしこどもがこのような顕著な兆候を見せないようなら、その子は音楽的に凡庸であると断定してよい。しかし落胆するにはおよばない。むしろそのことを神に感謝すべきである。

もし中途半端な才能を見せでもしたら悲劇である。将来、楽器を次々に買わされ（ど

う せ弾けないのを楽器のせいにするに決まっているのだ)、高額の授業料を払わせられ、部屋を借りるときはピアノを置ける広さがなくてはならず、引っ越しのたびに特別料金をとられ、騒音で近所中に迷惑をかけたうえ、ピアノが弾けることを鼻にかけるいやらしい人間を作ってしまうのだ。

もしこどもがすぐに飽きたら幸運だ。初期投資(初期投棄という方が適切だ)だけですむ。

万一こどもが最初からピアノに興味を示さなかったらしめたものである。ピアノに興味を示して喜んでいいのは、その子が犬かサルである場合だけだ(犬やサルなら「ちょうちょ」と「おててつないで」程度のレパートリーでも食っていけるのだ)。

これだけ悪い影響があるのにどうして楽器を習わせようとするのか不可解でならない。音楽教育は情操教育になるという人もいるかもしれないが、それは疑わしい。むしろ本人の感性も周囲の者の感性もダメージを受けているような気がする。たしかに金を捨て、騒音に耐えることによって、人間性は多少鍛えられるかもしれないが、それは情操を豊かにしているというより、任侠精神を養っているのに近いのではなかろうか。

音楽を本当に愛しているなら、自分で演奏するよりも、世紀の名演奏をCDで聴く方を選ぶべきである。そのためにも演奏の才能の芽はこどものころに摘み取っておくべきだ。

摘み取られなかった犠牲者がわたしである。どうしてわたしの演奏を人がいやがるのか不可解なまま、ピアノを買い替えれば何とかなると思って買い替えの機会をうかがっているのだ。

こどもがこれらに視線を向けると親は「この子は将来、ピアニストでカーレーサーで建築家の飛行機になるだろう」と期待する

若者よ、聞きなさい

若者たちよ。わたしのいうことをよく聞きなさい。

先日わたしの前を歩いていた女子中学生たちよ。あなたがたにわたしはいう。歩道を数人で歩くときは横に並ばないようにしなさい。歩くときだけでなく、走るときも立ち止まるときも逆立ちするときも、並んで道をふさがないようにしなさい。他人の迷惑にならないように気をつけなさい。同僚たちと並んで歩いていたわたしがいかに大きい迷惑をこうむったか、考えなさい。

あなたがたと違い、年長者はふだん横に並んで歩くようなことはめったにない。並んで歩くような友達がいないからである。友達がいないのは、友達を作らないだけの分別が出てくるためである。「どうせ友人がいても借金を頼まれたり、そいつが死んだら葬式に出るくらいのことしかない。友人がいていいところは、借金を頼めたり、自分が死んだとき葬式に来てくれることくらいだ」という大人の洞察に早く到達するよう努力しなさい。

援助交際している女子高校生たちよ。あなたがたにわたしはいう。人の道に反する行為はすぐやめなさい。罪深い中年男の弱みにつけこんで巻き上げた金は二重にけがれている。そんなけがれた金は、真に援助を必要としている人々（哲学の教師ら）に一刻も早く恵んであげなさい。若いうちから金銭欲にまみれてどうする。金銭欲にまみれたまま年をとって、わたしの妻のような人間になってもいいのか。若いうちは、もっと精神的なものに興味を向けるようにしなさい。大化の改新の年号、『方丈記』の著者名、キルヒホッフの法則など、若者が興味をもつべきものはいっぱいある。

大人が悪い、社会が悪い、といい立てる若者がいるが、他人が悪ければ何をしてもよいと考えるのは正しいことではない。あるところに父親と二人の息子がいた。あるとき父親が「二人に羊を十頭ずつ与えよう」といい残して死んだ。しかし実際には羊は全部で十五頭しかいなかった。兄は「父親が誤って十頭ずつといったのだから、十頭とる」といって十頭とった。弟は「父親が誤って十頭ずつといったのだから、わたしも十頭とる」といって残る五頭の中から十頭とった。このように、「だれかが間違えばどんなことをしてもいい」と前提すると不可能なことが帰結するのである。帰謬法《きびゅうほう》により、この前提が誤っていることが証明された。

だから援助交際を大人のせいにしないようにしなさい。あなたがたが大人を導かないなら、だれが大人を導くというのか。

最後に、駅のホームで手鏡を見ながら何回も頭にスプレーをしては櫛《くし》でとかしていた男子高校生よ。あなたにわたしはいう。美しくなろうとして、かえって醜い姿をさらしていることを考えなさい。野に咲くゆり、空飛ぶ鳥、海を泳ぐ鯛を見なさい。彼らが飾ろうとしたか。彼らはあるがままの姿で美しい。とくに鯛は美しいうえにおいしい。スプレーによって美しさをえることはできないことを知りなさい。そしてムースの方が効果があることを心に留めておきなさい。ついでに若者らしさはバカ者らしさとは違うことをおぼえておきなさい。

人前でスプレーするだけでも醜いが、若者のくせに先を争って座席に座ろうとしたのはさらに醜い。わたしが狙っていた席を機敏に横取りしたのがとくに醜い。しかもその席は八十歳くらいのお婆さんも狙っていたのである。つねに年長者を大切にするよう心がけなさい。

若者たちよ。あなたがたにいいたいことは山ほどあるが、このへんで打ち切ろう。さっきからわたしにいうことがあると横で妻がいっているから。

首がまわらない

わたしは金持ちではないが頭痛もちである。腰痛ももっている。腰はいつも痛むわけではない。季節の変わり目などに、腰を風呂場の蛇口にぶつけたとき痛むのだ。目の調子も悪い。いつもではないが、目を酷使した後などに本を読んでいると、漢字によっては読めないことがある。アラビア語の本となるとまったく読めない。

先日、追い撃ちをかけるように、首が痛くなった。これまでも痛かったが、真後ろにまで首をまわそうとしたときしか痛まなかったため、異常だと思いながらもだれにもいわないでおいたのだ。それが、こんどはちょっと横を見ようとしただけでも痛い。

そもそも首というものは、ネックレスやマフラーをまくためにあるだけではない。首は、身長を増やし、頭部をまわすためにある。首がまわらないのは考えない頭と同じくらい始末が悪い。魚介類のように首がないものもいるが、その場合は目がほぼ三六〇度見える位置についていて、頭を回転させる必要がないのだ。

首が痛くなって発見したことがいくつかある。①身体の不調は、より大きい不調によって取って代わられる（実際、首の痛さで他の不調が消えた）、②首が痛いときは、背筋をピンと伸ばした異様に正しい姿勢しかできない、③首が痛む人は魚介類ではない。

首を痛めた原因としては、仕事のしすぎ、テレビの見すぎ、睡眠不足、昼寝過多、端整な顔立ち、我慢強い性格、寝違えなどが思い当たる。

二日たってもよくならないので、通りがかりに偶然見つけた治療院に入った。指圧と整体を合わせたような治療をしているところで、一般民家と同じ造りである。六畳ほどの和室が診療室になっており、真ん中にぺちゃんこのふとんがしいてある。先生は六十代後半でワイシャツに黒ズボンという恰好だ。浪越《なみこし》徳治郎氏に似ていて、太い眉、厚い唇、太く短い首、つやのよい顔色、いかにも頑丈そうである。どうしてこういう人は丈夫そうなのだろうか。指圧されるよりも、指圧する方が健康にいいのかもしれない。

ズボンのベルトをゆるめ、ふとんの上に座るように指示される。どうしてベルトをゆるめる必要があるのか疑問に思いながら指示に従うと、先生はやおら上半身裸になり、さらに、ズボンを脱いだ。わたしは「や、やめてください」と叫ぼうとしたが、ちゅうちょしている間に、先生は背後にまわり、両腕と両足をわたしの身体に巻きつけて強い力で抱きしめた。

　抵抗しようにも身動きがとれない。もうなるようになれ、とあきらめたとき、二、三回身体にまわした腕に力が入ったかと思うと裂帛《れっぱく》の気合とともに、わたしの首が強くひねられ、ぼきっと音を立てて折れた。整体治療で頸椎《けいつい》を折り、全身不随になったという話を聞いたのが思い出され、脇の下に冷や汗がにじむ。おそるおそる手足を動かしてみると、さいわい何とか動くようだ。ほっと安心したところに、二回目の気合が走り、こんどは本当に首が音を立てて折れた。

「少しはよくなりましたか」と聞かれて、こわごわ首を動かしてみると、痛みが走り、麻痺していないのが分かった。痛いことがこんなにうれしかったのははじめてだ。わたしは「嘘のようになおりました」と嘘をついた。「痛い」と答えたらこんどこそ本当に首を折られるかもしれない。奇跡が三回も続くはずがない。わたしは痛いのを悟られないよう、はればれした顔を作り、できるだけ自然に見えるように首を動かしながら診療室を出た。

　帰り道、わたしは異様に正しい姿勢で歩きながら、首が痛いことの喜びをかみしめていた。そして腰痛で苦しむ友人にもぜひこの治療院をすすめようと思った。

革命的超整理法①

整理は本人にとってみれば大きい問題である（他人にとってはどうでもいい問題である）。わたしは過去、何回も整理法を研究し、試し、挫折してきた。

整理が好きだからではない。探し物をするのに何時間も何日もかかることがよくあるのだ。これが一年に一回や二回ならいい。数回でもまだ許せる。しかしいくら温厚なわたしでも、それが百二十七回を超すと我慢の限界である。どうしても整理法を抜本的に見直すことになる。

考えてみると、わたしの人生の三分の一はものを探している時間だと思える。人生の三分の一は睡眠に使うから、残るは三分の一しかない。その三分の一を、半分は整理法を考えるのに使い、後の半分はものをなくすのに使っている。

人間は必要に迫られて整理するだけではない。整理しなくてはならないという観念は、教育によって植えつけられた面もある（生まれながらに整理をしようとする人間はいないのだ）。

小学校のとき、教室には「整理整頓」の貼り紙が必ず貼られていた（あるいは、貼られていたという記憶が植えつけられている）。学校だけでなく家の中でも、わたしが散らかしていると父がよく「らっしがねえのお」（だらしがないですね）と優雅な岡山弁で嘆いたものだ。

このような教育の結果、「整理しなくては」という観念が強固に植えつけられて徐々に成長し、やがて強迫観念となり、いまでは、無意識のうちに整理の観念を追い払おうと努力するほどになっている。

整理というものは、一定の原則に従ってものを配置することであるが、これには本質的な困難がともなう。たとえば本箱を整理する場合、著者順、テーマ順など、原則を決めて整然と並べようとしても、決めた原則では処理できない事例が必ず出てしまうという原則がある（これは人生と同じである）。かりに著者順で並べようとしても、Aという著者とZという著者が共著で出していたり、中には五人で共著というのもあるのだ。このような場合、図書カードを作る、代本板を置く、などの面倒な方法があるが、探すのと同じくらい手間がかかる。

テーマ別に整理しようとしても、かりに『ヘーゲルのアリストテレス解釈に対するハイデガーの解釈について』（土屋賢二著）という本があったとすると、どの項目に分類すればいいのだろうか。「ヘーゲル」なのか「アリストテレス」なのか「ハイデガー」なのか「解釈」なのか「に対する」なのか「読むに値しない本」なのか、決めようがない。それに『ハエナワ漁と簿記事務の実際』とか『手編みとマントヒヒのいろいろ』といった本が出たらどう分類するのか。原則を貫くためには、このような本を買わないようにするしかない。

どんな原則に基づいて整理すればいいのだろうか。もちろん原則は、「五分探して見つからなければあきらめる」とか「整理の達人を雇う」といったたぐいのものであってはならない。

また「不要なものを捨てる」という原則も抽象的すぎる。何が不要なものかを決めるのが困難なのだ。不要だと思って捨てたものにかぎって、後で必要になり、必要だと思ってとっておいたものは永久に必要にならないものである。さらに何が不要かという問題を考えていくと、一番不要なのは自分ではないかという疑いが芽生えてくる危険性もある（実際、自分がいなくなれば整理の問題はきれいに解決する）。

以上の困難をすべて克服する整理法があるだろうか。わたしはこれまでの整理法の提案者たちとともに、「ある」と断言する。なるほど整理法はすでに多数発表されており、このうえにわたしのをもう一つ付け加えても、たくさんある石ころにダイヤモンドを追加する程度の意味しかない。しかしわたしのは、生き方にまでかかわるような革命的な方法だと自負している。

こういう顔つきの人が部屋を散らかしているとは考えにくい

革命的超整理法②

【前号の内容】わたしは整理法を発見した。

わたしの提案する整理法は次の通りである。

①Ａ４の紙が入る上質の段ボール箱を用意する。タテ三〇・〇七センチ、ヨコ二二・六四センチ、深さ五三・二九センチの箱が望ましい。もしなければ注文して作ってもらう。これが二つ必要だ（以下、箱Ａ、箱Ｂと呼ぶ）。

②その中に紐を二本、十文字に入れる。紐の端が箱から三〇センチほど外に出るようにしておく。

③書類を入れる。乱雑にならないよう、できるだけきちんと入れる。大きさを揃えるようにし、小さいものはＡ４の封筒に入れてから収納する。Ａ４より大きいものは、Ａ４

の大きさに切るか、受け取らないようにする。大切なことだが、空き缶、生ゴミ、粗大ゴミ、死んだカンガルー、生きたカンガルーなどは入れないようにする。そして、どんなに重要に思えるものも、不要だと思えるものも、同じように扱い、手に入った順に入れていく。

④入れたものを慎重に寝かせる。じっくりワインを熟成させるように、あるいは、財政赤字を増やすときのように、そっと寝かせ、できるだけいじらないようにする。赤子泣くとも動かすな。こざかしい計らいの心を捨て、すべてを時間の手にゆだねるのだ。実に哲学的である。

⑤箱Aがいっぱいになったら、箱Aはそのままにしておき、箱Bについて同じことをくりかえす。箱Bもいっぱいになったら、箱Aの中身を紐で縛って捨てる。そして、空になった箱Aについて、再び①から④をくりかえし、箱Aがいっぱいになったら、箱Bの中身を捨てる。

この方法の利点は、探し物のありかが一カ所にかぎられていることだ。もしかしたら捨てたかもしれない、と心配することはない。どこに置いたか、不安になることもない。安心を買うのは、おうおうにして高くつくものだが、わずかこれだけの工夫で安心がえられるのだ。

もちろんこの方法でもいつかは捨てるのだが、もし不安なら捨てるときに調べてみるといい。くだらないものばかりであることに気づくはずである。どんなに重要だと思えるものでも、数カ月もたつと、完全なゴミになるのだ。会議の通知など、期日を過ぎたとたん、重要性を見事なまでに失ってしまう。

たしかに、重要なものが突然クズになるのを見ていると、自分も退職したり死んだりすればこのような運命をたどるのかと、無常観におそわれることもあるだろう。しかし、書類が重要性を失うのと違い、自分ははじめから重要性をもっていないのに気がついたとき、無常観から解放されるはずである。

もし「書類でお願いした件、どうなったんですか」と聞かれたら、「すいません。書類をなくしてしまいました」と答えるようにするのがよい。あわてることはない。書類のありかははっきりしており、ただ探す気にならないだけなのだ。世の中には、さいわいにも紛失という現象があるため、「なくした」という説明は、「宇宙人に記憶を奪われた」といった説明よりはるかに受け入れられやすい。

その結果、「あいつはすぐなくす」とか「すぐ忘れる男だ」という評判が定着すればしめたものだ。重要な会議など、どうしても必要なときは、書面でなく、直前に直接声をかけてくるようになる。

もし「あの男はあてにならない」という評判が確立したら、ついに最終目標を達成したことになる。そうなれば書類は減っていき、最後には整理すべき書類がなくなる日が訪れる（本人そのものが整理されることもありうる）。そのとき、整理に頭を悩ますことから解放され、時間を好きなこと（整理法の研究など）に使えるのだ。

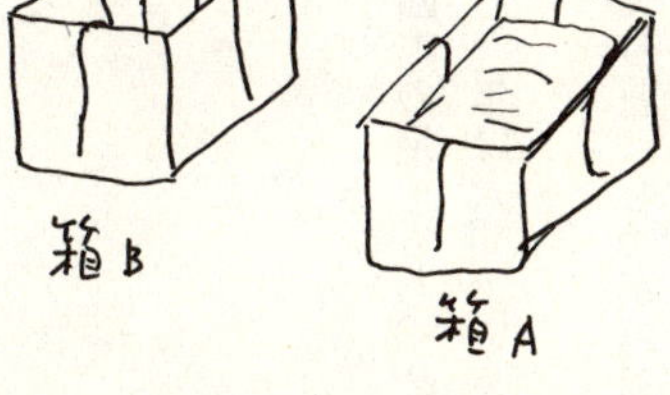

老犬芸をおぼえず

通勤途中に顔を合わす柴犬がいる。その犬は、ライオンのように四本の足をもち、オオアリクイが突然変異で柴犬そっくりになったような外見をしている。年は人間でいえば三十歳くらい、亀でいえば五千歳くらいである。

この犬は愛想が悪く、通行人には目もくれない。ときどき、この犬の前にしゃがみこんで、

「よしよし、元気か。おれは元気じゃないけど。お前、可愛いじゃないか。ほらお手をしてごらん。どうした、お手だよ、お手。お手くらいできるだろう。そんなんじゃ、できないと思われても仕方ないぞ」

といいきかせるのだが、馬耳東風である。この犬は芸ができないわけではない。飼い主の命令には忠実に従っているのだ。

声をかけないときは、目だけでも合わせようとするのだが、犬は絶対にわたしと目を合わせようとしない。目を合わせると面倒なことになると思っているのだ。これは女性がわたしに対してとる態度と同じであるからメス犬かと思ったら、オスである。

犬は自分の世界の中で序列をつけているというが、明らかにこの犬はわたしを自分よりはるかに劣る虫けらだと思っている。何を根拠にわたしを見下すのか知らないが、たんに威張りたがる性質をもっているのか、わたしという人間を見抜いたのか、どちらかであろう。

この犬は老犬ではないが、わたしはこの犬を見ていて「老犬芸をおぼえず」ということばの真の意味を認識するにいたった。

このことばは、老犬は知能が衰えて芸をおぼえることができないという意味に解されている。だがわたしの考えでは、老犬が芸をおぼえないのは、犬が年をとると分別が出てくるためである。子犬のころは何も考えずに人間のいう通りに芸をして喜んでいるが、年をとってくると芸をしているのがばからしいことに気づくようになるのだ。たんに頭をなでられるだけのためにどうしてお手をしなくてはならないのか。頭をなでられても迷惑なだけだ。芸なんかしてたまるか。こういう考えをもつようになるのである。

人間も年をとればある程度は老犬に近い分別が生じる。だれでも、いい大人になって、

「二かける三はいくつかな」と聞かれたり、「アインシュタインの一般相対性理論を説明してごらん」と聞かれたら、ばからしくて答える気がしないだろう。

だが、答えを強要する人がいるのは困ったものである。「会議を無断欠席したが、責任をどう考えているのか」「こんなに遅くまでどこをほっつきあるいていたのか」「どうして小遣いがそんなにいるのか」など、ばからしくて答える気にならない質問をして、答えを要求する人がいるのだ。

むろん簡単に答えられる場合もある。わたしも教師のはしくれである。授業中、専門の哲学について質問されれば、自信をもってはっきり答えることができる。「分かりません」と。

質問者はふつう、質問しさえすれば相手に答える義務が生じ、質問者には何の罪も責任もないと簡単に考えている。しかし答えは、しばしば質問の中にある（もしくは巻末の解答欄にある）し、哲学的問題はすべて誤った問題ばかりだと考える哲学者さえいるのだ。

いくら質問が無料だからといって、答えに窮するような質問をむやみにすべきではない。たとえば「あなたにとって○○とは何ですか」といった質問など、どんな答えを期待しているのか明らかでない。この質問は「あなたにとって、わたしは何なの」という質問に起源をもつと推測されるが、その起源から明らかなように、本来答えにくい質問であり、その目的はいじめることにあるのだ。

質問するのは当然の権利ではない。質問の有料化を検討した方がいい。そして、どんな質問にも盲目的に答えようとする子犬の段階を卒業し、老犬の分別を身につけたいものである。

何も見るものがないのに、
犬はわたしとは違う方向に
興味をひかれたふりをする

人体の驚異

またやった。雨の日、駅でトイレに入ろうとして足をすべらせ、入り口の柱に激突し、眉の下を強打したのだ。まぶたの上からしたたり落ちる血が当分止まらなかったほど激しい衝突だった。わたしは何事にも手を抜かず、正面からぶつかる人間なのだ。当たりどころが悪かったら、腕にかすりキズを負っていたところだ。

今年になってものにぶつかったのは三回目である。慎重な性格だから三回ですんでいるが、もしわたしが落ち着きのない男だったら、何十回ぶつかっていたかしれない。それにしても、どうしてわたしのまわりにあるものはどれもこれも不必要に硬いのだろうか。

わたしは人と意見が衝突しそうになると、妥協したり体調が悪いふりをしたりして正面衝突を回避しているが、柱の方にはそのような協調精神はみじんもない。協調性のないものにかぎって破壊力は大きいものなのだ。

衝突という現象は物理学的にいえば相対的である。わたしが柱にぶつかったともいえるが、逆に柱の方が、地球全体を含む少なく見積もっても何億トンもの物体と一体になってわたしの繊細な額にぶつかってきたといってもよいのだ。その何億トンの中には、かなづち、金属バット、鉄アレイ、ブルドーザー、小錦、丸ビル、富士山、水爆、注射器などあらゆるものが含まれており、痛くなかろうはずがない。

それでもわたしは泣き叫ぶようなことはせず、だれがこんなところに柱を置いたのか、だれがこんなところにすべる床を置いたのか、だれがこんなところに駅を設置したのか、と怒りをぶつけていた。

時間がたつにつれて怒りは、電車や駅の発明者、柱や床や雨の発明者にまで及んだ。

「自分でやったことだから、だれにも文句はいえない」とよくいわれるが、文句のつけようは無数にあるのだ。

翌日、ちょうどボクサーがめった打ちにされたように、わたしのまぶたは上品にはれ上がった。目のまわりはアイシャドーを塗ったように青黒く変色し、その後、色は日をおって、紫、青、赤、橙《だいだい》、黄と変わっていった（身体のどこにそんな色素が隠されていたのか、不思議である）。

はれたり変色したりするのは身体の防衛反応だと専門家はいうだろうが、防衛するのにこんなに派手に色を使う必要があるのだろうか。防衛するなら柱にぶつかる前にしてもらいたいと思う。

いま思えばよくケガですんだものだ。もしわたしが豆腐だったら、こなごなになっていたところだ。つくづく豆腐でなくてよかったと思う（もしわたしがかなづちだったら何ともなかっただろう。だが、かなづちだったら釘を打つくらいしかすることがない。かなづちでなくてよかった）。

人体は精密機械に似ているが、精密機械だったら致命的にこわれていただろう。人体はどんな機械よりもはるかに精密であるうえ、はるかに頑丈だ。金属や強化プラスチックのような丈夫な素材を使っているわけでもないのに、無茶な使い方をしても簡単にはこわれない。人体のように六十年も七十年も酷使して（設計者が考えられないような使い方をする人がいるのだ）こわれずに動き続ける機械があるだろうか。車なら、ガソリンに砂糖を混ぜるだけで動かなくなるのだ。

それに対して人体は、砂糖はもちろん、ギョーザ、スイカの種をはじめ、あらゆる動植物、さらには食品以外のもの（ラーメンの中に飛び込んだハエ、妻の料理、納豆など）を手当たりしだいに食べても死ぬようなことはない。胃カメラをのむ人もいれば、釘や剣をのむ人までいるのだ。食べ放題の店でケーキを無理やりつめ込んだ後、やせ薬をのむような無茶をしても人体は平気である。どうして死ぬのか不思議でならない。

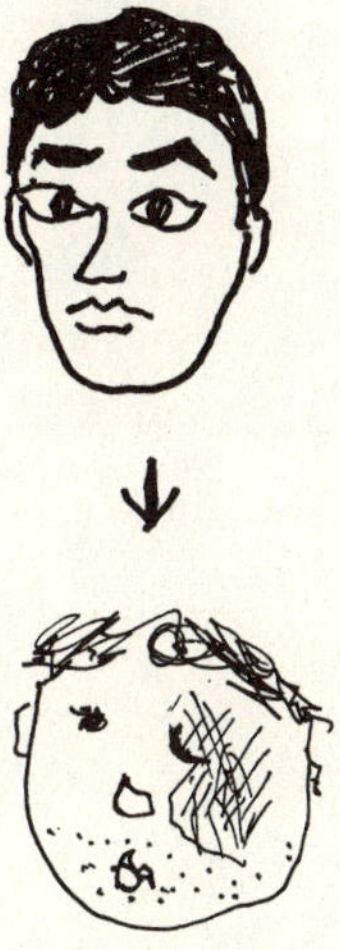

顔はこのように変わった

音楽史の概要

今週は音楽史のおさらいをする。音楽史はあまり重視されていないが、だれでも一応の知識は身につけておくべきである。いつなんどき音楽史の教師にならないともかぎらない。それどころか「音楽史の試験に合格しなかったら殺す」と脅されたら生死にかかわることになるのだ。

近代音楽はバロック音楽の巨匠J・S・バッハとともに始まる。バッハは音楽の父であり、ヨハン・ハインリッヒ・バッハの叔父であった。彼はれっきとした妻との間にエマニエルをはじめ、多数のこどもがいたのに、ヘンデルとの間に音楽をもうけたのである。その結果ヘンデルは音楽の母と呼ばれ、音楽とエマニエルは異母兄弟となった。

古典期に入ると、交響曲の父ハイドンが登場する。彼がだれの叔父であったか、交響曲の母親はだれなのか、不明である。

同じころモーツァルトが登場し、天才の名をほしいままにした。「モーツァルトさえいなかったら自分が天才と呼ばれたのに」とくやしがっているのはわたし一人ではあるまい。

そのころ楽聖ベートーヴェンが登場し、古典期の最後を飾った。古典期は、「古典期」である以上、いつまでも続くわけにはいかなかったのだ。

ベートーヴェンは苦悩の人だった。何に苦悩したのか明らかでないが、金と女に決まっていると思われる。苦悩しつつも、彼は第三（「英雄」）、第五（「運命」）、第六（「田園」）、第九（「忘年」）といった交響曲を作曲した。

この時期、ピアノが発明されたことは特筆に値する。ピアノは「小さいオーケストラ」と呼ばれるが（小編成のオーケストラやこどもだけのオーケストラも「小さいオーケストラ」と呼ばれる）、なぜかオーケストラは「大きいピアノ」とは呼ばれない。

ピアノはもと、ピアノフォルテといわれ、その楽器からフォルテを切り離して作られた（フォルテというのは、いまでもときどき路地などで見かけるあのフォルテである）。

ピアノの登場には長い道のりが必要だった。まず、ピアノの前身であるチェンバロが発明されるのを待たなくてはならず、さらにチェンバロの原型と推定される弦楽器（弦楽器でなく投石機だったかもしれない）の出現を待たなくてはならなかった。そして弦楽器の登場には、絃の発明を待たなくてはならなかった。絃の登場には、人類の登場を待たなくてはならなかった。人類の登場は、待つ人がだれもいなかったため、だれも待たなかった。

ピアノの発明が与えた影響ははかりしれない。もしピアノが発明されなかったら、「ピアノ協奏曲」とか「ピアノ大安売り」などは成り立ちえなかったであろう。

古典派につづいてロマン派の音楽が登場した。古典派の後に何かが登場しないと音楽史がとだえてしまうからである。

その結果、この時期に生まれた音楽家はいやおうなくロマン派に組み入れられた。その一人シューベルトは歌曲の王と呼ばれた。なぜ歌曲の父とか叔父でないのか、定かではない。孤独な生涯を送ったため、親戚関係が考えにくいのかもしれない。

ショパンもこの時期に登場し、ピアノの詩人といわれた。のちにリチャード・クレイダーマンがピアノの貴公子になったものの、ピアノの父や王はまだ出ていない。

これは、「ピアノの父」というとピアノの発明者を指すように受け取られ、「ピアノ王」というとピアノを売って富豪になった人であるかのような印象を与えるからであろう。

続いてブラームス、チャイコフスキー、ノルディックスキー、ビーフ・ストロガノフらが登場してロマン派の音楽を終了させた。以後、さまざまな運動が起こり、人々は音楽よりも運動に走って身体の強化に努めた。

その後クラシック音楽がどうなったか、わたしが参考にした中学生の教科書には何も書いていないため、詳しいことは分からないが、アメリカではアフリカ音楽と融合してジャズを生み、アフリカでは、ジャズからクラシックが分離してアフリカ音楽を生んだ。

日本では、作曲家の故郷の映像と融合して「名曲アルバム」を生んだ。

ピアノが発明されるまで

死を思え

人間はいつか必ず死ぬ。しかし、よっぽどのことがないかぎり死ぬようなことはない(「よっぽどのことがないかぎり」とは、「死ぬようなことがないかぎり」という意味である)。よく「あっけなく死ぬ」といわれるが、突然死ぬことはあまりない。その証拠に、朝目を覚まして「あれっ、今日も生きている」と驚く人はいない(「あれっ、今日は死んでいる」と驚く人もいないが)。

このように人間は生き続ける方がふつうである。だからこそ人が突然死ぬと驚くのだ。生き続けるには特別な原因はいらないが、死ぬためには何らかの特別な原因が必要である。

人間は死ににくいにもかかわらず、コンピュータやテレビのような機械と比べ、作り方は驚くほど簡単である。コンピュータを一台作るのは非常に難しく、高度の知識が必要である。釘一本作れといわれても、どうやったらいいのか途方にくれるのだ。それに対し、人間を一人作るには、たいした労力も知識もいらない（知識がない方が作れてしまうほどだ）。

われわれはこのように死ににくい構造に生まれついていることを自覚しており、めったなことでは死なないと信じて生活している。明日も生きているに決まっていると思っているからこそ、貯金し、歯を磨き、定期を買い、明日のおかずを買い置きし、宿題をやっているのだ。

このため、われわれはともすれば自分が生きているのは当然だと思い、いつかは死ぬという事実を忘れてしまいがちになる。

これに対して、古来、多くの人が「死を忘れるな」という警告を発してきた。ヨーロッパ中世の絵画には、通常の絵の隅にどくろを描いて死を思い起こさせる趣向のものがある。

このように警鐘が鳴らされるには理由がある。死を忘れていると、生きていることのありがたさを忘れてしまう。死に直面するとき、はじめて人間は生きることの大切さを知る。それまで、異性に恵まれていない、脚が短い、金が自由にならない、病気ばかりしている、と不平ばかりいい、目先の利害に一喜一憂している人が、死を意識すると一時的に真人間にもどり、それまでの生活を悔い改め、自然の美を見出し、人類愛に目覚め、脚が短いことにも感謝するのである。人間が愚かな行為をするのは死を忘れているからだ。死と向かい合って生きるのが人間のあるべき姿である。こう考えられるのだ。

この考え方にはもっともなところがある。実際、われわれの日常の行動の中には、死から目をそむけているとしか思えないものがある。心情的にも、夏休みをのほほんと遊んで過ごし、休みが終わるころになって「宿題をしておけばよかった」と悔い改める経験をした大部分の人には納得しやすいだろう。

死を意識するとどんな生活になるだろうか。浮かれ騒ぐ、ギャンブルにのめりこむ、気楽にプロ野球を楽しむ、といったことには無縁になり、何よりも時間潰しをしなくなるだろう。そのかわり、仕事や夏休みの宿題に力を注ぐこともなくなるだろう。たぶん、詩集でも読みながら、親孝行に励む毎日になるのではなかろうか。

しかし、このように清らかな生活になるのは、たんに、死を前にすると悪いことを考える余裕がなくなるからではなかろうか。もっと余裕がなくなって、三日後に巨大隕石が地球に衝突して人類が全滅するということが分かったら、人々は自暴自棄になって、この世は阿鼻叫喚《あびきようかん》の地獄と化すだろう。

そういう事態でなくても、詩集と親孝行の生活は長続きしないだろう。人間が愚かな行為をするのは死を忘れるからではなく、たんに根が愚かだからだと思われるのである。死を考え続けるのも考えものである。死をまったく考えないこどもや動物が幸福そうにみえるのはなぜかを考えた方がいいと思う。

才能のもてあまし方

あるときテレビをつけたら外国のオペラを中継していた。ヒロイン役の歌手を見て、わたしはがっかりした。男に情熱を燃やすべき女が、男よりぼたもちに情熱を注ぐ女にしか見えないのだ。

しかし、これはこれで別のオペラとして見ればいい、と思ってしばらく見ているうちに、その歌手の歌唱力によって、思わずのめりこんでしまい、最後には深い感動をおぼえたのである。もしこの歌手がもっと美人だったら、という気もしたが、必ずしもそうはいえないことに思い至った。

能力というものは、あればあるほどいい。ありあまるほどあればいうことがない。ほとんどの人はこう思っている。しかしそうだろうか。

もしそのオペラ歌手が歌唱力にすぐれているうえに美貌の持ち主で、演技もでき、しかも踊りができれば、ミュージカル・スターになるのではなかろうか。そのうえ、アイススケートができれば、アイススケートショーに出るだろう。さらにそのうえ、口から火を噴くことができれば、曲芸団に入るだろう。

このように才能が多ければ多いほど、逆にオペラ歌手から遠ざかっていくのだ。

人間には、本人の希望には関係なく、才能のすべてを活かせる道に進む傾向がある。一〇〇メートル走、棒高跳び、砲丸投げ、など十種競技のすべてがまんべんなくできたら、十種競技の選手にならない方が難しいだろう。ソロバンができて、タップダンスができて、トランペットが吹けたら、踊りながらソロバンをはじくラッパ吹きになるのではなかろうか。

問題は多すぎる才能だけではない。一つの才能だけでも、人間はそれに振りまわされてしまう。地道な生活を希望する人がたまたま天才ギャンブラーだったら、ギャンブルの道を歩むことになってしまうのではなかろうか。予知能力をもっていたり、空を飛べたり、透明になれたりしたら、のんびり暮らす生活は一生望めないだろう。ちょうど読み書きができる犬がいたら、駄犬の生活を楽しむことは望めないのと同じである。

人間が能力に振りまわされる根底には、「能力というものは発揮しないと損だ」というケチくさい考え方がある（「もっている金を使い切ってから死なないと損だ」という考えに似ている)。この考え方をさらに進めて、与えられた能力を最大限に発揮することが人間のつとめであるし、それが実現されることが人間の幸福だ、と考える人もいる。ここから「人間はこれこれの能力を与えられている。ゆえにこれこれのことをすべきである」という誤った哲学説も出されてきた。

この考え方によると、一〇〇メートルを七秒で走る能力をもっている男は、非常に下手なピアノ弾きになることを希望していても、オリンピックに出るべきだということになるだろう。しかしそういえるだろうか。たとえばスリの天才はスリにならなくてはならないのだろうか。

人間は道具と違う。道具なら、「これこれの目的のために存在している」といえるが、人間についてはそういういい方はできない。道具でさえ、本来の用途とは違う目的のために使っても差し支えない。電気釜で洗濯してもかまわないのだ。まして人間なら、何ができるかということより、何をしたいかによって進路を決めた方がいい。

わたし自身は、「才能は活用すべきだ」という考えに逆らって生きてきた。才能がないのを承知で哲学の道に進み、女を見る能力もないのにあえて結婚した。逆に、質問に答える能力があってもあえて「分かりません」と答えたり、抜群のセンスをもっているのにわざとセンスの悪い服装をして「ダサイ」といわれている。

このように、才能を無視するとあまりいいことはないが、そこをあえて無視する勇気をもつところに人間の尊厳があり、わたしの不幸がある。

料理の才能がない、皿洗いや掃除の才能もない、と開き直る女がいるが、こういうのが一番悪い

豆大福の教訓

大学の廊下を歩いていたとき学生が声をかけてきた。知らない人のためにいっておくが、わたしは廊下や道を歩くことにしており、壁や天井を歩くようなことはない。

こういう状況で話しかけられた場合、その内容は、「聞かなければよかった」と思うような内容ばかりである。しかしこのときは違った。

「先生、豆大福はお好きですか」

といわれたのだ。豆大福というのは、豆入りの大福である。非常に小さい大福のことではない。

わたしは簡単には人を信用しない。疑うのは哲学者の宿命といってもよい。哲学者は、見たり聞いたりしているものがすべて錯覚かもしれないとか、すべては夢かもしれないとか、世界は五分前に創造されたかもしれないとか、他人には心がないかもしれないとか、自分の身体は存在しないかもしれない、などと疑っている。ふつうなら考えられないほど根本的に疑う職業なのだ。

そのうえ、わたしはだまされやすい性格であるため、どんなことでも疑いすぎることはない、とまで思っている。とりわけ、わたしに不利なことばなどは絶対に信じないようにしている（しかしたいてい、真実であることが判明する）。有利なことでも、疑う余裕があるかぎり、疑うことにしている。わたしは答えた。

「豆大福は好きだよ。だけどどうしてそんなことを聞くんだ？　豆大福を床に落としたんだけど買わないかとか、一週間前に買ったのを買わないかという話じゃないだろうね。いっておくが、そんなものに三十円以上出すと思ったら大間違いだからな」

「どうしてそんなことを考えるんですか。今日、豆大福を買ってみんなで食べたんですが、一個あまったので、先生にさし上げようと思ったんです。床に落としたんじゃありません。買う前にお店の人が落とした可能性はありますが。でもいいんです。あまり気が進まないようですから」

「いや、あらゆる可能性を考えただけだ。そういう純粋な好意ならありがたくいただこう」

急いでこういって豆大福をもらうと、わたしは研究室で食べながら教育者としての喜びをはじめてかみしめた。これまでの二十年の苦労がやっと報われた思いだった。

しかしこの結果、わたしは疑い方が足りなかったことを思い知らされた。その後、激しい腹痛に襲われたのだ。

冷静に考えてみれば、分かって当然だった。「一個あまった」というところがいかにもあやしい。食べ盛りの者が集まっているのだ。血で血を洗うことはあっても、だれかに進呈しようという結論になるはずがない。だれも食べたがらないよっぽどの理由があったにちがいないのだ。床に落としたという理由でさえ薄弱すぎる。

豆大福に何があったか知らないが、腹痛を起こしたのは疑いがないのだ。豆大福を食べてから腹痛が起こるまで約一カ月たっていたから、それほど毒性は強くなかったのかもしれないが、毒は毒だ。

そのあと同じ学生に廊下で会ったとき、わたしはいった。

「シュークリームが一個あるんだけど、ほしい？　もちろんどこかに落としたものじゃない」

こういうと学生は予想通りの答えをした。

「本当ですか。ほしいです」

わたしは学生の喜色満面の表情を確認していった。

「そうか。それを確認したかっただけなんだ。じゃあ、これで」

といい放ち、研究室に入った。これで学生も疑うことの重要性を学んだろう。教育するのも気持ちのいいものだ。こう考えながら一人で食べるシュークリームのおいしさは格別だった。

しかし教育の道はけわしい。その晩、わたしは前にもまして激しい腹痛に襲われた。

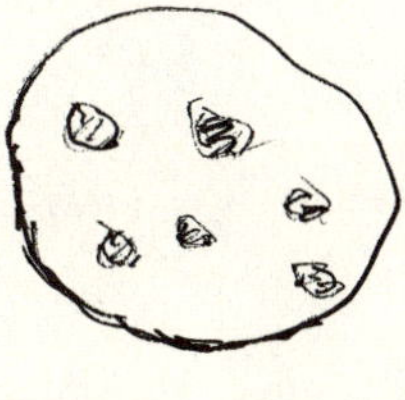

豆大福に見えるかもしれないが、これは豆大福の絵である

入場無料の腕前

わたしはアマチュアのジャズバンドに入ってピアノを弾《ひ》いている。ピアノを始めたのは四十過ぎてからで、独学である。なぜ独学かというと、わたしは、「ああしろ」、「こうしてはいけない」、「お前は間違っている」などと指摘されるより、自己満足にひたっている方が好きだからである。日ごろ指図ばかりされているのだから(「間違ったことを教えるな」、「金を使いすぎるな」、「棚を直せ」など)、せめて趣味ぐらい、だれからも指図されないようでありたい。

腕前はどれくらいか、と聞かれることがある。一度でもわたしの演奏を聞いた人は、二度とこのようなことは聞かなくなる(わたしの演奏も聞こうとしなくなる)。ただ、一般受けしないということだけははっきりいえる。

わたしの演奏は調子の波が大きい。あまりよくないときと非常に悪いときの差がはっきりしているのだ（人は「同じように聞こえる」というが）。悪いときは自分でも音楽をやっている気がしない。よほど気を引き締めていないと、建設現場でリベットを打ち込んでいるかのような錯覚に陥ってしまう。

せめて実力を十分に発揮できさえしたら、と思っているが、満足できたためしがない。もし実力が思うように出せたらだれにも負けない自信がある。実力の五百パーセントも出せたら、近所のこどもが逆立ちしてもわたしにはとても及ばないだろう。五万パーセントも出せば、逆立ちしていないこどもにも勝てると思う（天才少年を除く）。

何も知らない人がわたしの演奏を聞いたらハービー・ハンコックが弾いているのかと思うかもしれない。ハービー・ハンコックというのはジャズの大ピアニストで、わたしのよきライバルである。日ごろわたしは彼のことをハービーと呼んでいる（彼がわたしのことを何と呼んでいるのか、つきあいがないので、知らない）。

ハービーと間違われる場合は少ないが皆無ではない。ジャズのことをまったく知らず、疑うことも知らない人に、わたしの演奏を聞かせ、「ハービーの弾き方はこうだ」と教えれば、その人は「ハービーというのはこんなに下手なのか」と驚きながらも、これがハービーの演奏かと思い込むだろう。それでもだめなら、催眠術をかけるという方法もある。

わたしはハービーをはじめプロのジャズピアニストに異常なあこがれをもっている。あのように弾けたら、気に入っている爪切りを人に譲ってもいいとさえ思っている。こんど生まれてくるときは、大富豪のハンサムなピアニストに生まれたいものだとも考えている。もし将来、そのようなピアニストが誕生したら、それはわたしだと思っていただきたい。

たんにあこがれているだけでない。プロに近づくための努力はしているつもりである。電車に乗ってもイメージトレーニングを怠らない。目の前にピアノがあると想定して、即興的に浮かんだメロディーを頭の中で弾いている。頭の中では妙《たえ》なる音楽が鳴り響いているが、他人には音は聞こえない。他人には、顔に苦悶とも恍惚ともつかぬ表情を浮かべ、指をひらひらさせながら、「うー、うー」といううなり声を上げているのが見えるだけだ。

こういうとき、ふとわれに返ると、周囲の乗客がわたしから距離をとっていることがよくある。たぶん、わたしの中に激しく気高い芸術家の精神を見出して、畏怖の念をおぼえてしまうのだろう。

わたしの夢はいつかコンサートを開くことだ。そのときは入場料をとるつもりはない。弁当をつけてもいいとさえ思っている。

そのかわりに「途中退場料」をとることを検討している。金を払ってでもわたしの演奏を聞きたいと思う人はいないだろうが、金を払ってでもわたしの演奏から逃れようとする人は多いと思うのだ。

わたしには入場料をとれる実力はないかもしれないが、退場料をとる実力はあると自負している。コンサートに招待したときの知人の喜びの表情を見るのが待ち遠しくてならない。

電車内での創造活動

危険な男①

わたしは優良ドライバーである。数年前に免許をとって以来、一度も運転していないのだ。優良ドライバーといっても、ちょうど不戦勝ばかりで勝ち越したようなものである。運転技術を発揮した結果でないのがくやしいかぎりだ。

免許をとったのは必要に迫られていたためであるが、後になって必要でなかったことが判明した。ほとんどのことについていえるが、そのときは生死にかかわる重大事だと思っても、後になって振り返るとどちらでもよいことばかりである。いまだって必要だと思って税金を払っているが、これも必要でないことが後で判明するのではないかと思う。

運転免許をとるまでは、わたしがもっている資格は宅地建物取引主任の免許だけだった（この免許もそのときは必要だと思ったのだ。そのいきさつを説明したらゆうに一冊の本になる。八ページくらいの)。いまのわたしの状態は、「不動産屋になれるのに不動産屋を開業せず、運転できるのに運転せず、哲学がロクにできないのに哲学を教えている男」ということになる。

先日、これから運転しようと決心した。このままでは、せっかく教習所で教わった「危険を感じてブレーキをかけてからブレーキがききはじめるまでの距離を空走距離という」とか「軽車両とは、自転車、荷車、リヤカー、そり、牛馬などをいう」とか「火災報知器から一メートル以内に駐車してはいけない」といった貴重な知識を活かせないまま終わってしまう。

それにいつなんどき車に乗る必要が生じるかもしれない(ミヒャエル・シューマッハが「今日は調子が悪いからかわりにF1レースに出てくれないか」と頼んでくるかもしれない)。

こう考えたわたしは、車のカタログをもらい、信頼できない友人にアドバイスを求めた。しかし、どの車を買うかをしばらく検討しているうちに素朴な疑問が心に浮かんだ。

車を買うというのはどうやるのか、よく知らないが、まず駐車場を借りておき、店で渡された車を運転して自分の駐車場に入れることになるのではなかろうか。そのためには、少なくとも店から駐車場まで運転できる必要がある。その場合、車庫入れができないと、一生、車に乗ったまま過ごさなくてはならなくなる。まず、車庫入れその他ができるかどうかを確かめる必要がある。

車の運転は基本的に簡単である。車は運転しやすいように作ってあり、道路も運転しやすいように作ってある。車は百年ほど前にライト兄弟によって発明されて以来（日本では平賀源内が発明していたが、素材がなかったため試作品を作ることができなかった）、空を飛べないようにするなど改良を重ね、いまではエアバッグをはじめ、ABS、TBS、NHKなども装備するまでになっている。さらにそのうえ、灰皿、ドア、タイヤ、ハンドルに至るまで装備しているのだ。

道路も走りやすいよう工夫がこらされている。岩や樹木を除去し、舗装し、白線を引き、人やラクダやアルマジロなどの立ち入りを禁止し、それでも満足せず、定期的に道路を掘り返して改良に努めている。

このようにすべてが運転しやすいようになっており、うまく運転できない方が不思議である。

車を運転するには免許が必要だが、これも運転がやさしい証拠である。そもそも免許が必要なのは、やさしいものにかぎられているのだ。たとえば、宇宙船の操縦とか、サーカスのオートバイ乗りや空中ブランコには、たぶん免許はいらないのではないかと思う。このように高度の技術を要するもの、本当に困難なものには、免許はいらないようになっている。結婚が免許制になってないのもこのためである（「しかしそれなら、自転車、三輪車、歩行などに免許がいらないことをどう説明できるのか」と反論する人もいるかもしれないが、何にでも例外はあるものなのだ）。

どう考えても運転は簡単なはずだが、わたしは慎重だ。とくに自分の理屈は信用しないことにしている。実際に乗ってみた。

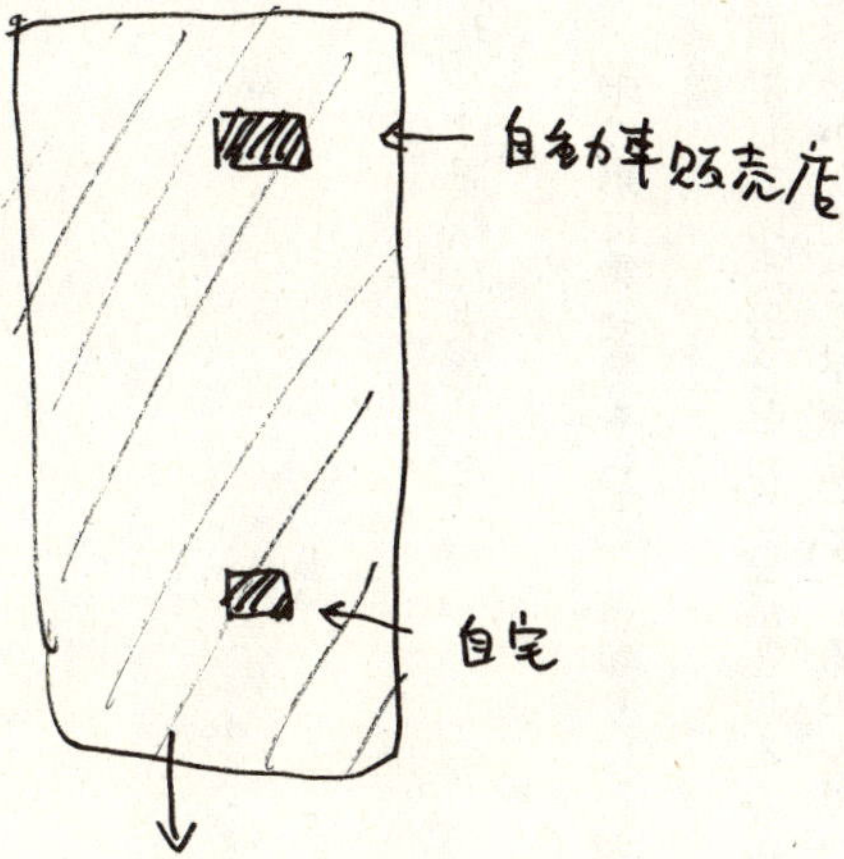

ほぼこの範囲の土地を買い占めて駐車場にすれば、自宅まで運ぶ問題は解決する

危険な男②

【前号の内容】ペーパードライバーのわたしは運転を決意した。

運転技術を試すチャンスがやってきた。弟の車に乗せてもらって墓参りに行ったとき、墓地の広い駐車場ががら空きだったのだ。

「ちょっと運転させてくれ」と頼むと、同乗していた母と弟の顔色が変わるのが分かった。ほっとしたのでないことはたしかだ。しかしわたしが運転しているのを見たことがないのに、どうしてわたしの運転技術に不安を抱くのだろうか。わたしが歩くとき、転んだり、いろいろなものにぶつかるのはたしかだが、歩行が下手だからといって運転も下手だと考えるのは論理の飛躍である。ちょうど一桁の足し算ができないからといって、二桁の足し算もできないと考えるのと同じ飛躍である。

わたしは①この駐車場から出ない、②十五分以内に終える、の二つの条件を提示して了承をとりつけた。母と弟に「車外に出ててもいいよ」というと、二人とも車内に残る方を選んだ。車内に残っていれば、少なくともひき殺されることはない、という判断だろう。

駐車場は一列に二十台ほど入るスペースがある。半径五〇メートル以内に人間、ラクダ、イルカ、モスラなどがいないことを確かめる。まず、駐車場を何周か回ってみることにした。

「あまり飛ばすなよ」と弟がいう。わずかに声がふるえている。わたしは「分かっている」と答えたが、車の醍醐味はスピードである。ゆっくり走るくらいなら歩いた方がましだ。こう思いながらアクセルを踏み込むと、車は突然停止した。踏んだのがブレーキだったのだ。

どのペダルがアクセルか、また、ハンドルをどちらに回すと車は右に曲がるかを弟にたずねて確認する。同乗者の緊張を肌に感じつつ再度スタートを試みると、こんどは順調に発進した。爽快なスピード感を味わう。やはり車のスピード感を味わうには、最低でもこどもの三輪車程度のスピードは必要だ。

気分よく四、五周したころには車に酔ったのか、気持ちが悪くなる。次に車庫入れを試みた。

教習所で習った通りにやろうとしたが、教習所で目印にしていた縁石も松の木もなければ縞模様のポールもない。まわりには墓石が並んでいるのが見えるだけだ。しかし目印なしでも、狙った通りに正確に入れることができた。ただ、狙い方が難しい。「二十台分のスペースのどこかに入れよう」という狙いなら正確に入れることができるが、もっと狙いを絞って、「端から五台目のスペースに入れよう」と狙う場合が問題だ。どのスペースを狙っていたのかは、自分でも入れた後になってみないと分からないのだ。

たぶん、わたしは広大な駐車場を所有する人間に生まれついているのであろう（それを借りるだけの金がないのが不可解なところだ）。車も車庫入れをするように設計されてはいない。まっすぐ走ること、乗り降りすること、車内でタバコを吸うことだけを考えて作られているのだ。

何回試しても結果は同じだった。もう少し練習を続けていれば、どの墓石を目印にすればいいかが分かってきたところだが、約束の時間がきた。わずか十五分だったが、車に乗っていた者は全員、Ｆ１レースのレーシング・カーに乗ったかのように疲れ切っていた。

車庫入れに若干の問題があったが、Ｆ１レースに出るには車庫入れができなくてはならないのだろうか（車庫入れが苦手だからといってレースも苦手だと考えるのは、一桁の掛け算が苦手だからといって、二桁の掛け算が苦手だと考えるのと同じ飛躍である）。ふだんの生活の中では、二十台分の駐車場を借りれば何の問題もないのだから、これは技術の問題ではなく、経済力の問題である。運転は経済的理由により、当分見送らざるをえない。

しかしこの経験を通して、わたしはいつでも危険な男になれることを知り、自信がついたような気がした。

ドライブは楽しい

筋金入りの国際派

世の中には何の根拠もない信念がまかり通っている。大学教師は幼稚だとか、わたしのいうことはウソだらけだなど、何の根拠もないことだが、当たっているのが不思議である。

早寝早起きがいいとされているのも根拠は不明である。もちろん、古来フランクリン（プランクトンだったかもしれない）をはじめ、多くの人が力説してきたという事実は無視できない。ただ、「多くの人がいったことだからといって、とくにフランクリン（トランポリンだったかもしれない）がいったからといって、それを無反省に信じるのは愚かだ」ということも多くの人がいったのであるから、判断に苦しむところである。

早起きの利点としてよく挙げられるのは、「早起きは三文の得」という経済的効果である。英語にも「早起きの鳥は虫を捕まえる」という趣旨のことわざがある。しかしこの点については、すでに「早起きの虫は鳥に食べられてしまう（早起きの三文はだれかの所有物にされてしまう）」という逆の真理が指摘されている。

早寝早起きがよいとされる一番の理由は健康であろう。マーク・トウェインは、あるスピーチの中で若者に、簡単にできる健康的な生活として「ひばりとともに起きる」生活を勧めている。ひばりという鳥は、訓練すれば十一時とか十二時に起きるようにしつけることが簡単にできるのである。

早寝早起きが健康にいいとされる理由は、たぶん、それが自然の摂理にかなっている、というようなものであろう。しかし自然界には夜行性の動物がけっこう多いのである（不思議なことに、自然の摂理に訴える人にかぎって、仕事や結婚のような反自然的なことに意欲を燃やす人が多い）。

どうして早寝早起きがいいのか分からないまま、わたしはほぼ規則正しく午後十一時就寝、午前六時起床を守っている。ただしこの時間はグリニッチ標準時である。日本時間で早寝早起きしているという人がいるが、それでは国際人の資格はない。わたしのまわりを見ても、日本時間で早寝早起きする人は、①わたしを高く評価しない、②日本時間で早寝早起きする、という欠点をもったろくでもない人間ばかりだ。

実は最近、わたしもこの二大欠点をもつにいたってしまった。①昔からどうも自分を高く評価できないのに加え、②最近なぜか朝五時に起きてパンと牛乳の朝食をとり、朝刊を読んで、朝六時に就寝するくせがついたのだ。おそらくわたしほど早寝早起きしている人はあるまい。少なくともわたしほど早寝している人はいないだろう。わたしの知り合いに午前三時起床、午前四時就寝という人もいたが、三時は「朝」というには早すぎる。わたしの語感でいうと、四時十七分までは「朝」とはいえないと思う。

一般の分類では、わたしは夜型である。夜中にミステリを読んでいるときにさえわたっていた頭が、講義のときにはぼんやりし、目を覚ましているのが精一杯である。会議になると、それまでこらえていたものがせきを切ったように眠ってしまう（仕事が終わるとせきを切ったように目が覚める）。

朝型か夜型かは先天的に決まっているらしい。それぞれの体質に合わせて勤務時間を決めてほしいものだ。学生が帰った後にわたしが大学に行くようになれば、どんなに名講義ができるか、と思う。

たぶん、日本で先天的に夜型だということは、地球の反対側に生まれていたら朝型になっていたということだろう。それにしては、数年前イギリスに行き、グリニッチ標準時で十カ月暮らしたときも夜型になったのは不思議である。たぶん、どこの国にいても仕事が朝から始まるかぎり、夜型を貫く筋金入りの国際派なのだ。

酷暑の中の授業

暑い。うだるような暑さだ。埼玉県越谷市では四十度を超したという。サウジアラビアでは五十度を超しているだろう。水星では四百七十五度、太陽上では四千五百度だという。暑いはずだ。

こう暑いと心身ともに働きが極端に鈍くなる。しかし奇妙なことに、物理学的にいうと、分子は熱されるとぐったりするどころか、活発な運動をするのである。人間は動きが鈍くなるのに、人体を構成しているはずの分子は活発になるのだ。このことから、人間は分子から構成されていないことが分かる。

こういう暑いときに熱愛などしている人の気がしれない。暑さで頭がやられているとでも判断するほかない。そういうわたしの判断も暑さで頭がやられている可能性がある。

暑さで心身ともに衰えるこの時期はとても授業をやれるような状態ではない。たしかに、わたしの場合、一年を通して授業をやれるような状態ではないが、酷暑の季節になると、胸を張って「授業をやれる状態ではない」といえる点が違う。

教室には冷房もなく、冷たい飲み物のサービスもなく、さわやかな高原もない。その中で、さわやかな高原にいたらとても考えないような小難しいことを無理やり考えてしゃべっているのだ。

わたしはまだいい。かわいそうなのは学生である。暑い中を汗びっしょりになって、わけの分からないことを聞かされながら眠らなくてはならないのだ。

学生がこういう、気候の上でも教師の上でも劣悪な条件で勉強していたら、身につかないどころか、心身に悪い影響を受ける恐れがある。その悪影響はすでに顕著に教師自身の上に現れており、わたしはまともな授業ができなくなっている。

授業がうまくいかなかったとき（ほとんど毎回だが）は、ひどく落ち込んでしまう。自分の研究室に帰るなり、「なんてひどい教師なんだ」と自分を責め、「自分には教師の資格はない。学生たちが気の毒だ（わたしは何と学生思いだろうか）。せめてもの救いは、わたしが、わたしの授業を聞かされる学生でなくてよかった、ということだ。もう教師をやめて、ピアニストか俳優になるしかないかもしれない」と思いつめてしまう。絶望的な気持ちで、ピアニストになって大活躍している自分を想像しているうちに、眠り込んでしまい、ふと目が覚めると口からあごにかけて濡れている。眠りながらも、情けない気持ちがあまって涙まで流していたのだろう。

　せめて教室に冷房が入っていたら、わたしも少しはまともな講義ができるところだ。そうしたら学生も、もっと集中して眠ることができるだろうに。

　ただ不幸なことに、わたしは冷房が苦手だ。冷房が強いと身体の調子が悪くなる。冷房といっても、五月とか十月の気温にしているだけだろうが、それでも具合が悪くなる（五月や十月にも具合が悪いのだから当然かもしれない）。そのため、家ではできるだけ冷房をつけず、冷房のよくきいた喫茶店に行って涼をとっている。

　以前、冷房のきいた教室で臨時に教えたことがある。その教室は非常に冷房が強くて、まるで真冬のように寒く、暖房を入れてほしいと思うほどだった。とても学生が気持ちよく眠れるような温度ではない。まして教師が眠れるような環境ではない。よく喫茶店などで冷房が強すぎることがあるが、これは客に長居をさせないためではないかと思っていた。しかし教室に強い冷房をかける必要がどこにあるのだろうか。

　理由は千ほど考えられる。①授業を早く終わらせるため、②教師を眠らせないため、③冷房を調節する人が暑さで頭をやられていた、④冷房を調節したのが極北の地に住んでいた白クマだった、⑤わたしが熱帯植物だった、など。

わたしは酷暑にも冷房にも向いていない。わたしのような人間は、ハワイあたりの冷房のきいたしゃれたホテルの部屋で昼寝をするくらいしか生きる道はない。

汗にもいろいろある

女の論証テクニック①

わたしは心身ともに弱い人間である。それだけに、強いものにはあこがれの気持ちを抱いている。プロレス、グレイシー柔術、各種格闘技のチャンピオンなども尊敬しているが、とりわけわたしがあこがれているのは女である。女は長生きするなど体力面で強いだけでなく、精神面でも強く、口論などでも男を圧倒する。見た目にはいかにも弱そうだが、フグでも何でも、無害な外見をしているものが本当は怖いのだ。女の中には外見まで強そうなのもいるが、そういうのは本当に危険である。

わたしは女の強さからなにがしか学んで精神面の強化をはかりたいと願っている（体力の強化はあきらめている）。その矢先、女の強さの秘密の一端をかいまみる出来事を目撃した。

電車に乗っていたときだ。小学生の男の子と女の子が電車に乗ってきて並んで席に座った。後から乗ってきた小学生の一団がそれを見つけ、「やーい、二人はつきあってるんだ」とはやし立てた。

こういう場合、二人は何らかの仕方で反撃に出る必要がある。男の子は、むきになってこういった。

「違うよ。つきあってなんかないよ。おれ、こいつのこと嫌いだもん」

この反論は明らかに弱い。嫌いならどうして並んで座るのか、とつっこまれるのが目に見えている。論理として弱いだけでなく、女の子を蹴落として自分だけ助かろうとする卑しい根性丸出しである。

そのとき業《ごう》をにやしたかのように女の子が反論した。

「つきあってなんかないもん。つきあうっていうのは、手をつないで帰ったり、一緒にアイスを食べたりすることだけど、わたしたちそんなことしてないもん」

なんと見事な反論だろうか。女の子はまず「つきあう」ということばの定義を述べ、自分たちの状態がその定義に合っていないことを指摘し、だからつきあっていないと結論づけている。これは数学など厳密な科学で使われているのと同じ方法で、論証の形式としては完全に正しい。

それだけに、女の子に反論することは非常に難しい。女の子に反論しようとすると、

「つきあう」ということばの定義の仕方に疑問を呈するくらいしかないだろう。だが、「つきあう」といったことばの定義は、実はきわめて難しい。「つきあう」の定義が何かということが問題になったら、果てしない議論になってしまい、決着がつかない可能性が非常に高い。

このように女の子の発言は、反論が難しいうえに、二人がつきあっているかどうかという問題を、ことばの定義の問題に転換する効果もある。男の子の発言とはレベルが違うのである。

この女の子が特殊だというわけではない。わたしが学生にこの話をしたところ、一人の学生は、小学生のときに毎日、三段論法の形式で日記を書いていたといった。たとえば、「ひいきされるというのは、一人だけかわいがられるということだ。A子ちゃんは一人だけかわいがられている。だからA子ちゃんはひいきされている」といった形式で毎日書いていたという。

このように女たちは論証のテクニックを身につけて生まれてくるばかりではなく、日々テクニックに磨きをかけているのである。

これも一部の特殊な女だろうと思われるかもしれないが、そうではない。

たとえば、ほとんどの女は「愛しているなら、ダイヤの指輪買って」くらいのことはいうだろう。このことばは男にも分かるように簡単な形で表現しているため、一見すると甘えているだけのように思われるかもしれないが、これまで述べたのと同じ手法を使っている。「愛しているということはダイヤの指輪を買ってくれるということだ」と定義し、そこから「買わなければ愛していない」と結論づけているのだ。

女の論証テクニックは他にもあるが、この定義による手法だけでも応用範囲は非常に広い。男の中にも稚拙ながらこのテクニックを身につけた者もいる。応用法については次号にゆずる。

顔つきからして違う

女の論証テクニック②

女の何気ないことばにはさまざまな論理が隠されており、油断できない。たとえば女がこういったとしよう。

「また高い本を買ったりして、どういうこと？　今月はもう生活費が底をついてるのよ。稼ぎが少ないんだからちっとは家計のことを考えたらどうなの」

このありふれた発言を、たんに女が怒っているだけだと考えたら大間違いである。この種の発言は厳密な定義に裏打ちされているのだ。たとえば、「高い本」とは、「二千円以上の本、または一ページあたり十円を超える本」のことである。「生活費」とは、「食費、水道光熱費、および妻の衣料・交際・遊興費」のことである。「稼ぎが少ない」とは、「近所のAさんと比較して少ない」ことである（どうしてザイールの国民平均所得と比較しないのか）。このように厳密に定義したうえで発言していることは、ちょっと（数時間以上）議論してみれば分かる。

さらに議論すれば、それ以外にも分かってくる。「やさしいっていうのは、マザー・テレサとかわたしのようなのをいう」とか「美人とは、沢口靖子とかわたしのような女だ」と定義していることが分かるであろう（「とか」というのは何なんだ？）。

このような勝手な定義の上に築かれた信念をくつがえすことは不可能である。たとえば「この本は決して高くない」といっても、女の定義では高いのだ。結局、「高い本」の定義をめぐって何時間も争う覚悟がないかぎり（一回争ってみれば、そんな覚悟はできないはずである）、泣き寝入りするしかない。もちろん「お前は横暴だ」といっても通用しない。彼女の中では、「横暴とはわたしのいうことをきかないことだ」と定義しているに決まっているのだ。

よく「夫は理解がない」という女がいる（こういう女はきまって結婚している）が、どうしてこういう女の話を理解できるだろうか。もちろん、女は「理解できるはずだ」と主張するであろう。「理解する」とは「わたしのいいなりになる」と定義しているからである。

これほど洗練されたやり方でなくてもよければ、だれでもこの手法を使うことができる。

やり方は簡単だ。自分の主張に合わせて勝手に定義すればよい。たとえば、「主体的であるとは、他人のことを配慮しないことだ」、「病気があるくらいでないと健康とはいえない」、「楽しいものは芸術とはいえない」、「個性的な服装とは、仲間と同じ服装のことだ」、「深遠とは、理解できないということだ」、「勉強とは机の前に座っていることだ」などと定義すればよい。

いくらなんでも自分の定義は勝手すぎるのではないかと思う場合もあるだろうが、そのような場合は、「真の」とか「本当は」などをつけるとよい。

哲学者はこれを得意としてきた。自分の勝手な定義を基にして、「時間は、本当は存在しない」、「世間でいう幸福は、真の幸福ではない」、「確実だと思われているものは本当は疑わしい」など、常識に真っ向から対立する主張をしてきた。これをみても分かるように、ふつうのことばをほとんど正反対の意味に使ってもかまわないのだ。

哲学者以外にも、同様の主張をする人はいる。たとえば、「真の民主主義とは、人々の声に耳を傾けないことだ」、「真の防衛とは、国を防衛しないことだ」、「こどもを教育するとは、こどもの理解につとめ、何も教えないことだ」、など。人間というのはどこまで勝手になれるものかと思う。

いま、担当の編集者から原稿の催促がきた。二日前、「原稿は一両日中に送ります」

といっておいたのだが、「一両日中」を「一週間以内」とわたしが定義しておいたのが通じなかったのかもしれない。

心休まる食事

食堂の中には、緊張させることを目的に作られているとしか思えない食堂がある。一流レストランがそうだ。わたしが「一流レストラン」と呼んでいるのは、くつろいで食べることを目的に作られた食堂のことである。逆説的に聞こえるかもしれないが、これは「くつろげるように作られていればいるほど、緊張させる結果になる」という法則が支配しているためである。たとえば「わが家」というのもくつろぎを与えるために作られるが、その結果、「わが家」は男にはくつろげない場所になっている。

一流レストランは、くつろいで食べるという目的のために細心の工夫をこらしている。スペースはゆったり広くとってある。カウンターで隣の男に間違って自分のギョーザを食べられるのではないかと心配する必要はない。

テーブルクロスはしみ一つなく、食器は清潔である。わたしの家のように、「バイキンが少なくとも十億個は付着しているだろうな」と思いながら、命がけで食べることもない（生命を維持するために命を懸けているのだ）。

サービスもいきとどいている。注文を取りにこないのではないかと不安になることもなく、従業員の態度に一喜一憂することもない。

もちろん、料理はおいしく、無理やり食べる苦痛もない。

ネクタイの着用を要求するレストランもあるが、これもくつろいで食べるためである。実際、非常に変わった服装（全裸とか、ゴジラのぬいぐるみなど）の人が横にいたら、落ち着いて食べられないだろう。それに、ネクタイをしていれば、少なくともその人に首がついていることが一目で分かるから安心だ。

このように、一流レストランは何をとっても、くつろいで食事を楽しむというただ一つの目的を最高度に果たすよう工夫されている。結果的にはそれが緊張を与えるのだ。

緊張の原因は、ひとつにはウエイターにある。ウエイターというものはどういう訓練を受けているのか知らないが、非常に堂々としており、例外なくわたしより威厳がある。昔、地方のホテルのレストランに入ったとき、真っ黒に日焼けした高校生くらいの女の子がゴム草履をはいて注文を取りにきたことがあるが、その女の子でさえ、わたしよりも堂々としていた。

ウエイターは決まって、わたしよりきちんとした服装をしており、わたしよりちゃんとしたことばづかいができ、わたしより態度が洗練されており、わたしよりいい男である。客観的には、どう見てもわたしの方が仕えなくてはならないような人たちなのだ。そういう人がわたしに最大限のサービスをしようとして待ち構えているのである。これで緊張しない人がいるとしたら、その人は人間ではない。少なくともわたしではない。

せめて服装だけでもウエイターに負けないよう、最低でもタキシードに蝶ネクタイ、できればもっと正式に、裃《かみしも》か衣冠束帯に身をつつむ必要があるような気がする。

もしナイフなどを落としたらえらいことだ。自分で拾えたらどんなにいいかと思うが、そのような場合のためにウエイターが満を持して控えているのだ。そういう相手にナイフの交換を命じられる人がいたら、その人もわたしではない。

ふつうの人なら極力サービスを受けないよう、ナイフも料理も財布も落とさないように細心の注意を払うはずである。しかも、サービスされるのを恐れていることを悟られないよう、くつろいで見える努力を払わなくてはならないのだ。よくこれで食べるだけの余裕があるものだと思う。

一流レストランと対照的に、わたしがよく行く牛丼屋は、客をくつろがせるという目的は完全に無視して作られている。くつろがせるために工夫している点といえば、わずかに椅子を置いてある程度だ。

店に入って注文し、食べ終えて勘定をすませて店を出るまでの全所要時間は三分間だ。とてもくつろげる時間ではない。それに脂肉が身体に悪いのではないかということも気にかかる。

それにもかかわらず、牛丼を食べているときが、どういうわけか一番心休まるのである。

こういうウエイターがいても落着けないだろう

原稿ができるまで①

原稿は一朝一夕にできるものではない。本欄の原稿こそ一朝一夕にできているが、単発ものの原稿はそうはいかない。わたしの原稿など、いい加減に書いているにちがいないと思われるかもしれないが、それでも長い苦労の末に、未完成といっていい状態で完成する。その過程は一篇のドラマに似ている。

【締切三週間前】原稿の依頼がある。締切日周辺に予定がないのを確かめて快く引き受ける。まだ三週間ある。時間の力は偉大だ。あふれんばかりの文才が突然芽生えるかもしれない。編集者が原稿を注文したことを忘れるかもしれない。地球が滅亡するかもしれない。奇跡が起こってひとりでに原稿ができるかもしれない。

こんどこそ、きちんと資料にあたり、構想を完璧に練り上げてから執筆にとりかかるつもりだ。身体にも気を配り、万全の体調で執筆したい。早起きして、健康的な食事をとり、身体を鍛えるのだ。人間を見る目を養い、文章力と歯を磨き、古今東西の古典を読破しよう。さっそく明日から早起きして古典の選定作業に入ることにする。

太陽は明るく輝き、小鳥はさえずり、さわやかな薫風《くんぷう》に若葉がそよぎ、人々は善意に満ちている。

【二週間前】建設的な決意をした翌日は、いつもそうだが、計画を練るのに意欲と精力を使い果たしてしまうのか、ぐったり疲れて朝目が覚めない。早起きの決意が早くも挫折する。すっかり出端をくじかれてしまったかっこうだ。

その後、いろいろ用事が入る。学生の論文草稿を読め、棚を直せ、不幸があった、棚を直せ、臨時に会議を開け、片付けものをしろ、棚を直せ、など、用事が目白押しだ。運悪く授業が難しいところにさしかかり、徹夜で予習する。これでは何年あっても足りない。

それらの用事でくたくたになり、疲れをいやすためにミステリを読む。まだまだ時間はある。リラックスして英気を養っておかないと、いざというときになって力を出せない。

本が面白くて、つい寝不足になる。次の日はぼんやりした状態で仕事をすることになり、疲れがたまっていくのが分かる。すべてを忘れて早めに寝ようとするが、寝つかれず、またミステリを読んでしまう。

【一週間前】まだ奇跡は起こらない。文才は芽生えず、原稿も棚もひとりでには出来上がらない。編集者が忘れてくれることを祈るだけだ。真剣に祈っているところへ、編集者から確認の電話があり、タイトルだけでも知らせろという。やはり忘れていなかった。祈り方が足りなかったのかもしれない。祈り方をもっと研究する必要がある。

苦しまぎれにタイトルを決め、編集者に知らせてしばらくすると、最悪のタイトルを選んだことに気づく。他のタイトルだったらどんなにいいものが書けたことかと思う。『アルマジロの肝機能』の方がまだしも書けそうな気がする。

引き受けたことを後悔し始める。引き受けたときに立てた遠大な計画のことは、いまは思い出したくもない。運悪く頭の片隅にはいつも原稿のことがあり、何をしてもあまり楽しめない。

【三日前】どうも心が沈んでいる。理由をよく考えているうちに、原稿のことを意識から振り払おうと努力している自分に気がつく。振り払う努力を別の方向に向ける必要がある。

運悪く、急を要する用事がさらに増える。推薦状を書け、棚を直せ、博士論文を審査しろ、棚を直せ、棚を直せなど。疲れはピークに達している。あふれんばかりの文才は芽生えず、かわりに、どこか遠い島に行って何も考えないで人生について思索をめぐらしたい、というわけの分からない欲求が芽生える。

何を書くか、何も浮かんでこない。こういう状態を「構想を練っている」といえるのだろうか。これでは「何もしない」というのと実質は変わらないのではないか。

不安はつのってくる。だが時間はまだある。いまは締切に備えて休養をとっておく時期だ。棚などを直しているときではない。

締切三日前の顔
まだ余裕があり、世の中は明るい

原稿ができるまで②

【締切当日】依然として文才は芽生えず、原稿は自然のうちに生じない。奇跡が起こる気配はまったくない。ジャイアンツと同じ運命をたどっている。

催促の電話。編集者はまだ死んでおらず、依頼したのを忘れてもいない。催促すれば効果があると思っているのだろうが、実際、効果はある。

近所で道路工事が始まる。天候も悪化し、暗雲がたちこめてくる。台風がくるらしい。つい先日まで若葉が薫風にそよいでいたのに、季節までつじつまが合わない。カラスが不吉な鳴き声をあげる。

体調がおかしい。身体がだるく、熱があるように思えて体温を測るが、平熱だ。こんなはずはないと思い、何回も測り直す。正確を期して一分計を十分かけて測る。一時間も体温を測った挙句、熱の出ない奇病だという結論に到達する。

病気をおしてワープロに向かい、まずテレビをつける。テレビを見ている場合ではないが、戦争勃発など、原稿を書いているどころではないような重大事が発生しているかもしれない。

さいわい、戦争は始まっていないが、念のために他局のニュースも見て、戦争がないことを確認する。

戦争はないが、九州でだれかが飼っていた毒グモが逃げたという重大事件が起こっている。やはり見たかいがあった。

戦争などが起こっていないことを、さらにスポーツニュースでも確認し、引き続き、政治討論番組を見る。ふだんは絶対に見ない政治討論番組にふつふつと興味がわいてくる。

番組を見ているうちに夜はふけてゆく。いまからでは、もうまともな原稿は書けないと観念する。どうせまともなのが書けないならテレビを見ても同じだ。

テレビを見終わると疲れで眠くなる。どうせ書けないなら眠っておけばよかった。病魔と睡魔に襲われているいまは、書くには最悪のときだ。とうてい書ける状態ではない。少し回復を待った方がいい。

眠気を払うために、紅茶、緑茶、スイカ、せんべい、カップラーメンなどを試してみるが、どれにも覚醒作用がないことを発見する。少し仮眠をとった方が頭がすっきりすると思い、三十分間だけ眠る。しかし仮眠の結果、頭だけでなく身体もぼんやりしただけだった。

何とか起きていられるのも責任感が強いからだ。そう思いながら、居眠りしてしまう。気がつくと東の空が白み、牛乳配達のビンが音を立てている。世の中は着実に進行しているのに原稿は進行しない。原稿と世の中の違いを再確認する。

睡魔と闘いながら朝刊を読んでいるうちに名案を思いつく。正午までは「明朝」と呼べるのではないか。どうせ編集者はまだ出社していないだろう。一時間ほど眠っておこう。

【締切翌日】三時間眠ってしまったが、すばらしい夢を見た。執筆禁止令が公布された夢だ。

だが現実は厳しい。当初は「珠玉の名篇」を書く予定だったのに、「何でもいいから文字を連ねたもの」を狙うところまで希望が後退してしまった。何もしていないのに、どうしてこんな結果になってしまったのか。

何もしていないからだろう。

奇跡は起こらず、突発的な出来事（妻の死、わたしの死など）も起こらない。体調は数時間前の最悪の状態からさらに悪化している。あのときに書いておけばよかった。

電話が鳴るのを無視してパンを食べているうちに昼になる。編集者はどうせ食事中だ。まともに昼食をとる編集者であることを祈りつつ、昼休みの間に破れかぶれで文字を埋める。

原稿をＦＡＸで送り、原稿が届く途中で名作に変わってくれるよう、最後のお祈りをする。自分がこんなに信心深いとは知らなかった。後はできるだけ早く原稿のことを忘れることだ。

【締切数日後】原稿の依頼がくる。締切まで三週間もあるから楽勝だ。快く引き受ける。

締切を過ぎた頃の姿

環境が悪い

夏休みももう終わりだ。今年も計画倒れに終わってしまった。小学生のとき以来、夏休みの終わりを悔恨の念とともに迎えなかったことがない。わたしの夏休みの歴史は計画倒れの歴史だった。

夏休みの終わりに、絵日記の天候欄に四十日分の天気を適当に書き込みながら、こういうことは今年限りにしよう、と何度誓ったかしれない。

この経験は、わたしの人格の形成に大きな影響を及ぼし、適当にごまかす態度、平気で誓いを立てる態度、絵日記の発明者への憎悪などが養われた。

絵日記から解放された後も、大学生のときなど、十キロはあるギリシア語の大辞典をもって帰省し、一度も鞄から出すことなく一月半を過ごして、そのままもって帰ったものだ。

どうしてこういう結果になるのか、わたしは長年、原因の究明に努めてきた。もっとも疑われるのは環境である。最初のうち、夏休みに何もできないのは暑さのせいだと思っていた。しかし記録的冷夏の年になったとき、涼しさも仕事の障害になることが判明した。

その後、計画倒れになるのは夏休みにかぎったことではないことに気づいたわたしは、机の前に長時間座っていられないのは椅子のせいではないかと疑った。

しかしあるとき、姿勢を正しく保ち、長時間座っていられるスウェーデン製の椅子を買い、はじめて、椅子のせいでなかったことが判明した。考えたら、粗悪な椅子で長時間麻雀をやっていたころのことを忘れていたのだ。

その次にわたしは書斎がないせいだと断定した。以前住んでいた家には書斎がなく、居間で本を読んだりしていたが、それでは研究がはかどるはずがない。とくにテレビをつけていたり、麻雀したりしている場合には、研究どころではなかった。

そこでいまの家に引っ越したとき、わたしは研究を促進するため、という大義名分を掲げ、小さい部屋を書斎として確保した。そこに仕事のための理想的環境を構築しようとしたわたしは、まず、妻の出入りを禁止し、鍵をとりつけた。

それに満足したわたしが、その部屋にテレビ、楽器、麻雀卓を入れようとしたとき、妻の物言いがついた。せめてギターだけでも入れようとしたが、認めてもらえなかった。ラジオの持ち込みも却下された。ラジオを部屋の外に置いて、イヤフォンだけを部屋に引き込むのさえ禁止された。

こうやって、仕事をするには文句のいえない環境が整った。

その結果、判明したことは、まず第一に、文句がいえないということだった。

第二に、その部屋に入ると、行動がワンパターンになるということが分かった。机に向かうと、決まって、爪を切る、耳掃除をする、鉛筆を削る、居眠りをする、という行動になるのだ。

第三に、それらの行動を三十分続けると、三時間の休憩が必要になることが判明した。

これでは仕事どころではない。わたしが理想的環境だと思って求めたものは、仕事には最悪の環境だったのだ。

間もなく、その部屋に入るのは、爪を切るときと耳掃除するときだけになった。

書斎はいつしか読まない本の置き場になった。やがて本が増えて散らかり放題になり、スウェーデン製の椅子も本が占領するようになった。スウェーデン製だけあってさすがに本の座り具合が違う。

本を整理しようとして本箱を買い足したが、秩序だった本の入れ方を求めて試行錯誤をくりかえしているうちに、本箱を買ったときの意欲が失われていき、本箱の分だけよけいに散らかる結果に終わった。

その後も整理を試みては挫折するのをくりかえし、二年前からは、新年の決意に「本を整理する」という項目を入れるのもやめている。いまでは書斎の中を見るのも恐ろしい。人はよく仕事ができないのを環境のせいにするが、環境が整いすぎると何もできないものである。

いま、わたしはすべての仕事を食卓でやっている。

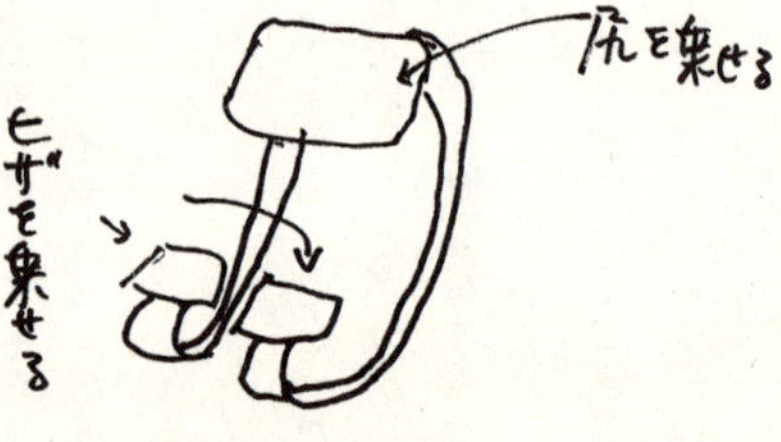

スウェーデン製の椅子。相当のデッサン力でも表現しきれない微妙な形をしている

「ま、いいか」の論理

阪神大震災のとき、わたしはイギリスにいた。

イギリス人に、「東京も百年以内に大地震に見舞われ、もっと多くの死者が出ると予想されている」と教えると、「どうしてそんな場所に住んでいるのか」と質問された（質問というものはどうしてこう答え難いのか）。

わたしは苦しまぎれに、「日本人は命に執着しないんだ」と答えるしかなかった。しかしいくら何でも、阪神大震災の教訓を活かして、みんな本気で地震対策を講じているだろうと思っていた。

半年後、帰国して知り合いを見ると、阪神大震災から学習した形跡がない。防災訓練のやり方が進歩した程度だ。

自分の家の家具を固定するだけでもやっておこうと思い、帰国後すぐ転倒防止器具を買いに行ったが、器具が予想以上に高価だったので買わないで帰ってきた（家具によっては防止器具の方が高価なのだ）。考えた挙句、壁と家具に釘を打って紐で縛ることにした。

それから二年たつが、家具はいまだに手つかずのままだ。

家具を固定している人は二割しかいないらしい。ほとんどの人は、壁を傷つけたくない、器具が高い、面倒だ、家具がない、などの理由で何もしていないのだ。

家具の転倒防止より家の転倒防止の方が先決問題だが、家屋の転倒を防止しようとする人はもっと少ない。

この心理は何なのか。たしかに、ほとんどの人は、やがて地震が来ると信じている。だが、「地震が来るのは今日明日のことではない」と、毎日、何の根拠もなく思っており、「地震はずっと来ない」と信じているのと同じ結果になっている。

もし今日明日のうちに来ると思っていたら、食糧を確保し、家具を固定し、懐中電灯やラジオを入れたリュックを背負って避難場所で寝起きしているところだが、実際には家具に囲まれた狭い部屋でビールを飲みながらテレビを見ているのだ。

これを見ると、「いつ来てもおかしくない。今日来てもおかしくない」→「いつ来るか分からない。今日来るかどうかは疑問だ」→「今日来る可能性はほんのわずかだ」→「いくら何でも今日は来ないだろう」→「今日来るはずがない」→「今日は絶対来ない」

と無茶な推論をしているとしか思えない。

われわれが物事に動じないのなら話は分かる。だが一万円落としただけでも顔色を変えるのだ。もしかしたら一万円には執着するが生命には執着しないのかもしれない（実際、転倒防止器具を買うのをけちって生命を危険にさらしているのだ）が、一方では、ちょっとでも生命の危険があれば極端な拒否反応を示すのだ。

たとえばバンジージャンプのロープが一万回に一回は切れる、ということが分かったら、だれもジャンプしようとしないだろう。O－157が流行した昨年、寿司屋の売り上げが大幅に減ったし、エイズが日本に上陸したとき、風俗店では閑古鳥が鳴いたのである。

それほど生命の危険には敏感に反応するものなのだ。それが、何も問題が解決していないのに、時間がたったというだけで、何事もなかったかのように寿司屋や風俗店に再び客が集まるようになっているのである。

喉元すぎれば熱さを忘れるというが、O－157の力は依然として衰えず、地震の危険性はいっそう高まり、エイズも増加の一途をたどっている。むしろ事態は悪化しており、心配がつのってもよさそうな状況なのだ。

地震のことを忘れているわけではない。現に転倒防止器具を買いに行ったりしているのだ（その帰りに、いまにも倒壊しそうな食堂で食べたりしているが）。

また、覚悟を決めたわけではない。相変わらず生命は惜しくてたまらないのだ。やけになっているわけでもない。きちんと会社に出勤し、税金も納めているのだ。「危険はあるが、ま、いいか」という心理だとしかいいようがない。これを論理的にどう分析できるのか、不可解でならないが、ま、いいか。

こういう家に住んでいても「ま、いいか」と思うであろうか

布切れ一枚の効果

女と若者は、自分のファッションセンスに絶対の自信をもっており、他人の服装を批評する傾向がある。女でも若者でもない心ある人たちは「オヤジ」と呼ばれ、そのファッションセンスは、女と若者の笑い物になっている。

もちろん、オヤジは笑われるくらいで信念を曲げることはない。信念を曲げようにも、若者の流行に屈しないで、なおかつ笑い物にならずにすむにはどうしたらよいのかが、分からないからである。

わたしは夏の間、ポロシャツを愛用しているが、問題になるのは、ポロシャツの裾の処遇である。これには世代間で違いがあり、裾をズボンの外にだらしなく出しているのは若者、裾をズボンの中に折り目正しくたくしこんでいるのはオヤジ、とはっきり分かれている。

オヤジにいわせれば、ズボンというものは、他の目的もあるが、シャツ（アロハシャツを除く）の裾をたくしこむためにある。若者がシャツの裾をズボンの外に出して着ているのを見るたびに「何のためにズボンをはいているのか」と苦々しく思う。いくらシャツに裾があることを見せびらかしたいからといって、あそこまでだらしない印象を与える必要があるのか。

わたしはこう考えて若者を憐れんでいたが、この夏、ポロシャツの裾をズボンの外に出して着た方がはるかに涼しいことを偶然知り、それ以来、裾を出して着るようになった。

結果的に若者と同じ着方になったのは非常に不本意であるが、暑さをしのぐためにはやむをえない。

このように、暑さ・寒さによって服装を決めるようになったら、もう若者ではない。わたしが若者ではないことが紛れもなく立証されたわけである。

先日、鮮やかな黄緑色のポロシャツを買った。それを着て大学に行くと、学生数人のグループに出会った。シャツの裾をズボンの外に出しているのを何かいわれると覚悟したが、学生は予想外のところを攻めてきた。

彼女たちはポロシャツの色を取り上げ、口々に、

「目が痛い」

「暗闇でも街灯がわりになる」

「老人は目立つ色の服を着るようにとバスに書いてあったけど、それを見たんですか」

という。わたしも反撃した。

「君らにはこういう純粋な色のよさが分からないかもしれないが、これはブランド物だ。どういう事情があるのか千円だったが、定価は一万五千円もする」

「その定価がおかしいんじゃないんですか。いくらとでもつけられるでしょう」

「それなら十五億円と定価をつけることもできるのか。限度というものがあるだろう」

「それは極端でしょう。それと、ポロシャツに胸ポケットがついているのがダサイし、そこにボールペンをさしているのがさらにダサイと思います」

「しかし胸ポケット以外、ボールペンをさせるところといったら耳の穴か鼻の穴くらいしかない。そっちの方がダサイだろう」

「先生にはそれの方が似合いますよ」

「とにかくどんな服装をしようが、わたしの勝手だ。そもそも服装には正邪、真偽の区別はない。個人の趣味の問題だ」

「だから、その趣味が悪いといっているんです」

批判の対象になるのはシャツの裾くらいだろうと思っていたのが甘かった。批判のタネは無数にあるものだ。おかげで新しいポロシャツにケチがつき、わたしのプライドは傷ついた。

だいたい服装が何なんだ。中身をとりつくろっているだけではないか。マーク・トウェインは「衣服が登場してから、人間は慎み深さを失った」といった。人間が衣服をまとっていなかったら、威張る、気取る、傲慢、といった人間は滑稽すぎて、だれもなりてがいなかっただろう。他人の服装にケチをつける恥知らずもいなかっただろう。

人間が大きい顔をしていられるのは衣服のおかげである。布切れ一枚が人間の滑稽さを忘れさせるのだ。ただ、服装によってはよけいに滑稽に見えることもあるのがやっかいなところだ。

美女と料理と音楽と

美人コンテストの水着審査の是非が問題になることがある。わたしは水着姿には何の問題もないと思うが、「審査する」というところに納得いかないものを感じる。世界各国から選りすぐりの美女が集まっているのだ。それだけで十分ではないか。ランクをつけてどうしようというのか、理解できない。もらえるならどれでもいいと思う。

そもそも美女同士を比べて優劣をつけられるのか。マリリン・モンローとエリザベス・テイラーの優劣をだれがつけられるだろうか。

審査というものは、学習の段階にある者を実力のある者が評価するのがふつうであるが、美人コンテストの場合、女から見向きもされないような男が審査したりしているのだ。

同様のことはあらゆるところで行なわれている。たとえば一流の料理人の優劣を決めるテレビ番組があるが、よく優劣を判定できるものだと思う。わたしには審査する自信がまったくない。結婚以来、長年の食生活によって味覚がおかしくなったということもあるが、一流料理人の優劣というものはだれにも判定できないと思うからだ。

たしかに、まずい料理とおいしい料理の区別というものは厳然として存在する（とくにまずい料理にかけてはだれよりも食べてきた自信がある）。しかし一流の域に達した料理同士を比べても、好き嫌いの問題しかないと思うのだ。

ちょうど音楽で、素人と玄人の間には歴然とした実力の差というものがあっても、モーツァルトとバッハのどちらがすぐれた音楽家であるかとたずねるのは意味がないのと同じである。

一流の料理を食べ比べて採点するのは、優劣を判定するというより、自分の個人的な好みを述べているようなものだと思える。「こっちの方がすぐれている」といっても、それは「こっちの方が気に入った」といっているに等しい。当然、判定者が違えば（マサイ族とかアボリジニとか）結果も違うはずだ。

美人や料理にかぎらない。音楽、美術、文学など、いたるところでコンクールを開いて順位をつけているし、「これはいい」、「これは劣っている」と評価を下す職業（評論家など）さえ存在している。

しかし、美人、料理、芸術などは、本来、楽しむべきものである。勝敗を争う競技とはわけが違うのだ。

美人や芸術などは、ある水準に達したら好みの問題になる。

好みが人によって分かれるのはたしかである。昔、友人に頼まれて、面白いミステリを推薦したら、どれも面白くないといわれたことがある（それ以来、推薦するときは面白くないのを推薦している）。これは好みの違いであって、どちらの評価が正しいという問題ではない。

われわれはこどものときから何事につけ優劣を評価されてきた。そのためかもしれないが、何にでも優劣があるという先入観は深く根を下ろしている。

問題は、優劣にこだわるあまり本来の楽しみが奪われるということだ。わたしの趣味であるジャズピアノにしてもそうだ。最近、他人の演奏を聞いても素直に楽しめない。わたしより上手か下手かが気になるのだ。

わたしの場合、これは不幸である。これまでのところ、残念なことに連戦連敗なのだ。例外的に「勝った！」と思ったことがいままでに二回ある。デパートのピアノ売り場で、三、四歳のこどもが背伸びして鍵盤を殴っているのを見たときが一回、後の一回はわたしの演奏を録音したテープをそれと知らずに聞いたときである。

優劣が問題になると、楽しむどころではない。警戒心が強くなり、知らない人が弾くピアノはできるだけ聞くまいとするようになるのだ。

人知れず悩むわたしに追い撃ちをかけるように、頼みもしないのに他人までわたしのピアノを上手か下手かに分類しようとする。

ピアノを楽しむには他人のいないところか、ピアノのないところに行くしかない。

この子には勝った

地図と迷子の関係

人間は犬と比べて、他の点では劣っているかもしれないが、少なくとも地図を使うことができる点では犬よりすぐれている。しかし、たとえば地図を作れといわれて、何人の人が作ることができるだろうか。

どうやって地図を作るのか、わたしには想像もつかない。家の間取り図も描けないのだ。

地図を作る方法として思いつくのは、飛行機から写真をとる方法くらいである。しかし飛行機が発明される以前にも、伊能忠敬のように正確な地図を作った人がいるし、それに家の間取り図の場合、家の中に飛行機を入れるのは無理がある。

ときどき測量をしているところを見かけることがある。一人が棒を持って立ち、もう一人がそれを望遠鏡でのぞいているが、棒を望遠鏡で観察して何になるのか、わけが分からない。棒を観察するなら、他に方法がありそうなものなのに、なぜ遠くから望遠鏡で見ているのか。

とにかくどうやってか、人間は地図を手に入れた。これに対し、犬は迷子にならないのをいいことに、何万年もの間、地図の学習を怠ってきた。

犬も迷子になることがあるという人もいるかもしれないが、これは誤りだと思う。鎖をつけないで歩いている犬はいるが、困った様子も泣くところも見せはしない。これは迷子のとる態度ではない。長い散歩と見るべきであろう。

犬にかぎらず、ネコ、ハトなどは、原始的帰巣本能をもっているが、人間の場合、それに類した本能としては、わずかに帰宅拒否本能をもつ者がいる程度だ。そのためか人間は迷子になりやすい。

迷子とは、自分がどこにいるかが分からなくなることだ、と考えがちだが、これでは不十分である。人間はたいてい、道に迷ってもどこにいるかは明瞭に把握している。少なくとも、埼玉県にいるとか、日本にいるとかは分かっているし(乗り物などで移動中の場合を除く)、どんなにぼんやりしても、地球上にいることは分かっている。

これと対照的に、犬は自分がどこにいるかをちゃんと把握しているとは思えない。自分の犬小屋にいるかどうかとか、陸上にいるか水中にいるか程度のことは把握しているだろうが、埼玉県にいるとか日本にいるとか地球上にいることは把握しておらず、太陽系にいることさえ分かっていないように思われる。それでも迷子にならないのだ。

地図は、どこにいるかを把握していながら迷子になるという人間の欠点を補うために発明された（犬よりも性格が悪いという人間の欠点を補う発明はまだなされていない）。

発明以来、地図はめざましい進歩を遂げている。自分の位置を地図上に表示する技術も実用化されているし、精密さも向上している。もう少しすれば、実物大の地図ができるのではないか。縮尺二倍という、実物よりも詳しい地図も夢ではない。

残念ながら最近わたしは人類の財産である地図をあまり活用していない。わたしは本来、地図が必要なタイプだ。よく道に迷うし、最近では、自宅で書斎に行こうとしてトイレに行ったりするようになっているのだ。それなのに地図を見るのが面倒になってきた。理由は三つある。

①老眼で地図が読みにくくなった。数年前、道で開いた地図が読めず、通行中の人に読んでもらった。それ以来、地図は持ち歩いていない。

②地図を持っていても道に迷うことがたびたびある。地図は万能ではなく、まったく役に立たないこともある。たとえば、名もない寒村を世界地図を持って歩くときとか、ゴビ砂漠の真ん中にゴビ砂漠の地図（たぶん白紙の地図だろう）とともに取り残されたとき

とか、ケープタウンの地図を持って北京の街を歩いているときなど。
③どこに行こうが、どこにいようが、どちらでもいい、と思うことが多くなった。ときどき、ちょっと道に迷うというのではなく、本格的に迷子になってしまいたいと思う。だが実際には、地図を持たないでいても本格的な迷子になるのは難しく、まだ成功していない。

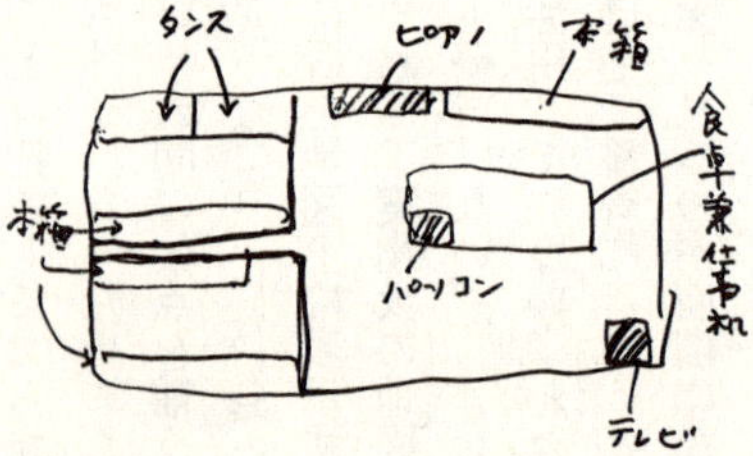

わたしの家の見取図。この中のどこかにトイレと風呂場と台所があるはずだ

解散の法則

ジャズのアマチュアバンドに入っている、というと、「さぞ楽しかろう、下手は下手なりに」と思う人が多いだろう。わたし自身、他の人がバンドをやっているのを見ると心なごむ気持ちになる。趣味を同じくする者が仕事もそっちのけで集まり、「自分たちは音楽家だ」と思い込んでいる姿は、見ていてほほえましい。

だが、はたから見るのと実際にやるのとでは大きく違うものである。わたしの経験では、何事につけても、はたから見ているだけの方が簡単である。アマチュアバンドも例外ではない。その証拠に、アマチュアバンドは、長くても数年で解散するのがふつうである。間違っても百年続くことはない。

アマチュアにかぎらず、プロのバンドもしょっちゅう解散する。ビートルズのように人気絶頂のロックグループでさえ解散する。解散はレベルの高い低いに関係なく必然の法則である。解散しないのはソロ活動している音楽家だけだ。もし二人の人間が同じバンドに入っていてそのうえ結婚していたら、別離を約束されたようなものである。

なぜ長続きしないのか。メンバーの人間性に問題があるわけではない。わたしがこれまで一緒にやったことのある人は、例外なく気持ちのいい人ばかりだった。全員、損得をかえりみず、仕事や家庭に幸福を求めず、音の世界にささやかな楽しみを見出そうとしているのだ。下手ではあるが、自分の力はわきまえており、謙虚そのものである。

以前、ある病院のリハビリ室にピアノがあり、練習用にそこを借りることもできたのだが、結局借りなかった。そこで練習したら、「君たちはまだリハビリが足りない」といわれて帰してもらえないかもしれない、と全員恐れたのだ。これほど謙虚な人間はそういない。

このように好感のもてる人間ばかりであるうえに、一緒に即興演奏をしていると（ジャズは集団的即興演奏である）、何もいわなくても互いに気持ちが通じ合うようになる。メンバーが何を考えているか、だいたい分かるのだ。たとえば、「ドラムの男はわたしにもっと上手に弾いてもらいたがっている」とか、「サックスの男はわたしのピアノがうるさいと思っている」とか、「ベースの男は自分が弾いている楽器はベースだと思っている」など。

これほど気持ちが通っているのにかかわらずバンドは長続きしないのだから、不思議というしかない。結婚でさえもっと長続きしているではないか。気持ちが分かり合えるのがかえって悪いのかもしれない。

しかしわたしの考えでは、最大の原因は、相手がよければもっといい演奏ができる、と全員が考えていることにある。ジャズの場合、相手によって自分の演奏の出来不出来が大きく左右されるという事実がある。自分の力にはたいして期待できない以上、音楽的向上をめざすなら、いい相手を見つけることに活路を見出すしかない。

こうして、少しでもいい相手を求めて離合集散をくりかえすことになる。

もちろん一流プレイヤーと組むのが理想だが、実際にプロと演奏したら、おそらく楽しむどころではないだろう。軽蔑されるのではないかと恐れたり、プロが途中で演奏を止め「おれにはレベルが高すぎる」といったらどうしよう、などと心配し、すぐに辞める結果になるだろう（辞める理由は「音楽観が合わない」とか「求めるものが違う」といったものになる）。ぴったりの相手を見つけるのは至難の業である。

わたしもいろいろなバンドを転々としてきたが、相手に不満を抱かれたことこそあれ、わたし自身が不満を抱いたことはない。人間関係を壊してまで音楽的向上を求めようとは思ったことがないのだ。

しかしわたしもそろそろいまのバンドのメンバーを取り替えようと思っている。わたしが取り替えられる前に。

ベースの野郎、また間違えたな。オレも間違えたが、ベースはバンドの要《かなめ》だろーが

顔写真の謎①

最近、よく女子高校生が手帳にプリクラの写真を貼って見ているが、なぜああまで自分の写真を見たがるのか、理解できない。自分の顔より犬や猫を見ていた方が楽しいだろうに。自分の写真をいっぱい貼って見ていないと、自分の顔がおぼえられないのだろうか。

不可解なことは他にもある。新聞の一面にはたいてい首相の顔写真が載っているが、これは何のためなのだろうか。

首相と見合いをするわけではないのだから、首相がどんな顔をしているかは、どうでもいい情報である。第一、新聞を読むくらいの人なら首相の顔はすでに知っているはずだ。首相の顔には変化がないという情報を伝えているのだろうか。

どうせ新聞に載せるなら首相の写真より毎日違った子犬の写真にしてもらった方が楽

しいと思う。

最近、首相と同じことがわたしにも起こるようになった。雑誌などに文章を書くと、それに添える顔写真を要求されることがあるのだ。わたしはこれが不思議でならない。なぜ文のそばにそれを書いた者の写真を添えることが必要なのだろうか。

文章の内容がわたしの顔に関係があるならまだ分かる。しかしふつうわたしが書く内容は、わたしがどんな顔をしているかには、まったく関係がないのだ。

だからわたしはときどき写真を要求されると、「ハリソン・フォードの写真を使ってもらえませんか。安室奈美恵かアルマジロの写真でもいいんですが」と提案することがあるが、受け入れられたためしがない。わたしの顔を見せて笑い物にしようとしているとしか思えないのである。

だれがこういう習慣を作ったのかと思う。写真や新聞が発明された後のだれかだろう。わたしではないし、最近生まれたこどもでもないから、犯人はだいぶ絞り込むことができるが、特定は難しい。

だれが始めたにせよ、顔写真を添える習慣は明らかに不都合である。第一、「わたしはハンサムだ」といった表現が自由に使えない。自分の顔について自由にいえることといったら、せいぜい、「わたしの顔はたたみ一畳分の広さがある」といった、大きさに関する表現くらいになってしまう。だが、それもタバコの箱と一緒に写っていない場合にかぎられる。

書いた者の顔も関係がないが、そもそもだれが書いたかということだって、文章にとってはどうでもいいことである。

作家は、原稿料がからんでくるから「自分が書いた」と主張しているが、書いてもお金にならなかった時代には、匿名の書物とか偽書というものがよく作られていた（偽書というのは、盗作の逆で、他人の名前をかたって書かれた本である）。文章を評価するのに、だれが書いたかを知る必要はない。「読み人知らず」の和歌だから楽しめないということはないのだ。

よく「文は人なり」といわれるが、文章と人間の間に深いつながりがあるとは思えない。

第一に、文は明らかに人間ではない。文はことばからできているが、人間は肉や骨からできている。

第二に、人間は自分の人格に関係なくどんな文章でも書けるものである。卑しい根性の持ち主がこの世のものとは思えないような崇高な文章を書いたり、神経質な人が無神経な文章をわざと書いたり、人間的にどうかと思うような人が神の立場から書くこともできるのだ。

もちろん、万引き常習者が「万引きはよくない」と書けば非難されるだろう。しかしその場合でも、少なくとも「万引きはよくない」という文そのものには悪いところはないのである。

このように文は人とは違う。さらに、人とその顔は同じではない（犬と犬のしっぽが同じでないように）。人は心をもつが、顔は心をもたない。さらに顔と顔写真も違う（だんごとだんごの絵が違うように）。

文、人、顔、顔写真の四者は、それぞれ互いに異なっている。文と顔写真は何段階も隔たっている異質のものだ。文に写真を添えるのは、生け花にブルドーザーを添えるようなものだ。刺し身につまを添えるようなものだといってもいい……ことはない。

わたしの葬式のときに使える写真はこのようなのしかない

顔写真の謎②

むかし「弁護士ペリイ・メイスン」シリーズを愛読していた。本にはたいてい著者のガードナーの写真が載せてあり、その写真のおかげで、わたしの中では、著者（本人も弁護士だった）の悪徳弁護士のような顔がペリイ・メイスンに重なって、楽しみが半減してしまった。

その著者の顔が、ペリイ・メイスンの美人秘書デラ・ストリートのイメージに重ならなかったのが不幸中の幸いだった。

小説の場合、著者の容貌と作中人物の容貌の間には何の関係もない。それでも著者の写真というものにはこれほどの影響力がある。まして、エッセイなどでは、文中の「わたし」ということばは著者を指すのだ。顔写真が文章の内容に関係がなくても、読者が抱くイメージに与える影響は大きい。

人間の中には、写真によってイメージを壊す人もいれば、文章によってイメージを落とす人もいる。写真でも文章でもイメージを落とすわたしのような者には、文章に顔写真を添えるのは侮辱でさえある。

読者がエッセイに添えられた著者の顔写真をどのように見ているかは、ある程度想像がつく。ふつうの読者なら、「ふーん、これがアメリカ大統領か」と思って見たりはしないだろう。おそらくほとんどの人が「これが著者だな」と思って写真を見ているにちがいない。

しかし著者を示すためなら、名前だけで十分ではなかろうか。写真はそれ以外の目的に使われているように思われる。

思うに、顔写真は、読者が著者に対して人身攻撃を加えるために使われているのではあるまいか。攻撃するときは、目標が明確に定まっていないと、海に向かって怒鳴っているのと同じで、怒鳴っている方がみじめに見えるものである。

写真があれば攻撃には好都合である。「こんな文章を書いたやつは、まともな大人であるはずがない」という感想を確認するために写真を見て、「やはりまともじゃないな」と納得することができる。そして顔写真を見ながら「このツラ下げて、こんなものを書いたのか」とか、「よくも、おめおめと写真など載せられたものだ」などと指弾し放題だ。

　これが著者の顔写真が現実に果たしている役割ではないかと思う。実際、どんな人の写真でも、見ようと思えばどこまでも間抜け面に見えるものである。

　おそらく、これは人間がどこまでも間抜けだからであろう。しかしもう一つの原因として、ほとんどの場合、写真などによって著者の実際の姿を知れば知るほど幻滅するという事実がある。

　読者は作中人物や著者については漠然としか分かっていないのがふつうである。目や鼻の形がどうだとか、何色の靴下をはいているかとかなどは、はじめから意識にのぼらない。想像の中では、そういう細部を知らないままにしておけるのだ。

　これが実際の姿となると、すべてが否応なくはっきり見えてしまう。細部は無視して「とにかく凛々《りり》しい顔の男」と想像していればいいものが、現実の姿を前にすると、目の形、髪や爪の伸び具合、靴下の色に至るまで、はっきり知られてしまうのだ。

　こういう場合、「知りすぎはよくない」という法則が成り立っている。何もかもはっきりして想像の余地がなくなったら、あとは幻滅することしか残っていない。もしミロのヴィーナスの像や仏像が彩色をほどこされて蠟人形のように実物そっくりに作られていたら、実物がどんなものであったとしても、神々しい感じは失われていただろう。

聖書の十戒に、「神の像を作ってはならない」という一項を入れたのは賢明だった。実際、神というのは想像を絶するものであるべきなのに、どんな像を作っても想像以下になり下がってしまうのだから、像を禁止するのは十分な理由がある。

神でさえ姿を知られないよう努力しているのだ。わたしのように軽蔑されやすい人間は、もっと注意が必要だ。パンストでもかぶって外出した方がいいかもしれない。写真を求められたら、これからはカエルの写真でも渡すことにしよう。

このようなリアルな仏像
はあまりありがたくない

こんな本を読んできた

本には二種類ある。読むべき本と、読んではならない本（あるいは読んでもタメにならない本）の二種類である。

わたしがこれまでに買った本のうち、「読んではならない本」として買ったものはすべて、情熱をもって読破してきた。

逆に「読むべき本」として買ったものは、ほとんど読んでいない。たとえば、わたしが大学に入学したころ、『三太郎の日記』が大学生の必読書とされ、この本を読まない者はひとかどの大学生とはいえない、という雰囲気があった。

ひとかどの大学生になろうと思ったわたしは、入学直後に購入したが、どうしても三ページ以上読むことができなかった。その後、何回も挑戦したが、三ページで挫折した。

それから三十五年たったいまも、いつの日にかひとかどの大学生になりたいと思い、

「いつか読むべき本」として大切にしまってある(大切にしまいすぎて、どこにあるか分からなくなっている)。

考えてみれば、この傾向はこどものころからあった。小学生のころから本が好きで、小学生の身で大人の注目をあびていたほどだ。近所の図書館でケラケラ笑いながら本を読んでいて、気がつくとまわりの大人がみんなわたしの方を見ていたのだ。

読んでいた本はこども向けのもので、シャーロック・ホームズ物、ルパン物、剣豪物など、娯楽物が中心だった。そのころ、父が誕生日に「孔子という人はとても偉い人だから、タメになるぞ」といって、孔子の伝記(こども向けの)を買ってくれた。

しかしわたしはどうしてもその本を読み通すことができなかった。どこが面白いのか、まったく理解できなかったのだ。誕生祝いとしては最悪だった。去年、誕生祝いだといって、妻がステンレスのやかんを買ってくれたのよりはましだったが。

孔子については、その後も高校で『論語』を習い、テレビで孔子の生涯を描いたドラマを見たが、なぜ偉い人とされているのか、何をした人なのか、いまだに謎のままである。

とにかく、孔子の伝記が、この世の中に面白くない本があることを知った最初だった。それ以来、面白くない本をわたしは避けてきた。

一番本を読んだのは、大学生のときで、世界の文学を中心に手当たりしだいに読んだものだ。はじめて味わう面白さに心を奪われたのである。

その後、哲学の道に進んだころから剣豪小説とかミステリなどの娯楽物を読むようになった。読書を気分転換の手段に使うようになったのだ。

わたしの気分転換は徹底していた。夜中にミステリを一、二冊読み、昼間は寝ていたのだ。気分がすっかり転換して、学問に切り替えることができないほどだった。

中年になってからは、読書に日々の苦労からの救いを求めるようになり、娯楽に徹しきったものしか読まなくなった。ミステリにしても、ハッピーエンドで終わらないもの、人間の内面をえぐったもの、社会派ミステリ、人物描写に力を入れているもの、人間の悲哀を描いたものなどは、敬遠している。

このように、小学生のころから面白いもの、楽しいものだけを読んできた。タメになるとか、教養を身につけるため、という理由で読んだことがない。教養やタメになることに価値があるとは思えないのだ。

哲学の専門書にしても、タメになるから読んでいるのではない。たいていは、疑問に思っていることに答えてくれるかもしれないと思って読んでいる。ちょうど、野球の結果や芸能ニュースの真相を知ろうとしてスポーツ新聞を読むのと同じである。

哲学書とスポーツ新聞の違いは、新聞の方がだいたいにおいて、①上手に書いてあり、②信頼できる、といった点にある。

わたしの考えでは、タメになることを求めて本を読んでも、けっしてタメにはならない。第一、タメになる本しか買わないというのは、ケチくさいではないか（こういう人はわたしの本を買わないタイプだ）。

タメになる本が読みたい人は、ぜひとも、孔子の伝記と『三太郎の日記』を読んでもらいたい。そしてどのようにタメになったかを、本の内容とともに、わたしに教えてほしい。そうすればわたしもひとかどの大学生になれるかもしれないから。

若者の座り方

最近、少子化で若者の数が減っているといわれているが、本当にそうなのだろうか。若者の姿が目立って仕方がないのだ。ゲームセンターや小学校に行ってみるといい。若者やこどもばかりだ。

他の場所でもよく目につく。駅のホームや電車で直接床に座って通行を邪魔しているし、ところかまわず携帯電話をかけている。電車では、座席に浅く腰掛け、股を大きく開き、足を投げ出して一人分以上の席を占有している。どうせ投げ出すなら自分の財産を投げ出してほしいものだ。

こんな座り方をしているのが女だったら許せるが、こういうのは若い男に決まっているのだ。中年男らしいのもやっているが、これは老けた若者だろう。

このような座り方をするのは、生物学的な理由があるのかもしれない。鳥や哺乳類など、自分を強く見せるために、毛を逆立てたり、羽根を広げたりして、できるだけ多くの空間を占有しようとする性質がある。なぜ占有体積を大きくすると強く見えると信じているのか、不明である。小さくても強いものはいっぱいある（ノミ、バイキンなど）。大きいものが強いと信じるのは、何か根本的に勘違いしているような気がする。人間の男も、裃《かみしも》やスーツの肩パットなどで大きく見せたりするが、これも強く見せたいからだろう。

大きく見せようとするのは、このように下等な動物に共通する勘違いである。暴力団特有の歩き方も、できるだけ多くの空間を使おうと努力した結果だといわれている。もちろん、どんなにがんばっても一人が占有できる空間はたかがしれている。できればもっと空間を占有するよう、大きな風船を持ったりコウモリ傘をさしたいところだろうが、そうなるとかえって間抜けに見えてしまうのがつらいところだ。

若者の座り方は、実戦的観点からいうと、とっさに行動に移れないうえに、弱点をさらした無防備で不利な体勢である。強く見えるというより、むしろ、犬などが服従の意を伝えるために、腹部をさらした仰向けの姿勢をとるのに近い。しかし、若者はまわりの人間に恭順の意を表するためにそういう座り方をしているわけではなかろう。

むしろ逆に、他人にある程度迷惑をかけていること、少なくとも、まわりの人に不愉快な感じを与えていることは承知していると思われる。

その証拠に、そばに暴力団や総理大臣がいたら、そんな座り方をしないだろう。暴力団や権力者には一目置くに決まっている。

おそらく、彼らは強い者にはへつらい、弱い者には高飛車に出るような根性の持ち主なのだ。彼らを見ていると、いまのわたしの姿を見ているようで情けなくてならない。

強く見せたいという気持ちは分かるが、強く見せようと努力している姿が、実際には他人にどう見られているか、少しは知っておいた方がいい。

以前、駅前に、ボディビルで鍛え上げた筋骨たくましい男が力こぶを見せているポスターが貼ってあった。わたしはそこを通るたびに、ああなりたいものだ、とあこがれの気持ちで見ていたが、あるとき、わたしの前を歩いていた二人連れの中年女性がポスターを見て、驚くべき感想をもらした。

「あらあら、まー、がんばっちゃって」

威風堂々とした男の力強い姿を見て、何と、笑っているのだ。

考えてみれば、これこそ、真に強い者の感想であろう。女は暴力団風の歩き方をしないし、あまり肩パットを入れたりしないが、これは女が、強く見せる必要がないほど強いからである（胸パットはするが、これは母乳の貯えをアピールするためであり、ちゃんと効果を上げている)。

ただ、身体に脂肪をつけて空間占有率を上げている女が一部にいる程度だ。

女がどういう目で男の強さを見ているかを知って以来、電車で横柄な座り方をしている若者がふびんでならない。

これぐらい手足が長ければ
気がすむのではないか

寡黙な哲学者

哲学教師をやっている二人の友人と会った。会うとたいていしゃべり通しで徹夜になる。昨日も十二時間以上ずっとしゃべり続けた。内容はバラエティに富んでいて楽しい。病気、墓、葬式、遺言状、埋葬法などだ。

しかしある程度話していると、職業柄、どうしても哲学的な話になる。本筋の話題からどういうわけか脇道にそれ、未成年がなぜタバコを吸ってはいけないか、判断力とは何か、正義の起源はどこにあるか、といった問題に発展し、議論は決着がつかないまま、無事、物別れに終わった（哲学の議論の場合、物別れ以外の終わり方をしたら、それこそ異常な事態が起こったと思ってよい）。

哲学者というものは、寡黙で思索にふけっているものと想像されるかもしれないが、ギリシア時代以来、哲学者はしゃべり続け、物別れに終わり続けてきた。

もともと哲学には議論が必須だが、深遠なことを考えているはずの哲学者がよくしゃべるというのは、逆説的な感じがする。一般に、よくしゃべる人は、深みのない軽薄な人間に見られる傾向がある。そういえば昨日議論した友人たちもたしかに軽薄である。

こどものころ、父は、「しゃべりすぎる人間にはなるな。昔の人は、雄弁は銀、沈黙は金といった」といっていた。昔の人は「地球は平らだ」ともいったのだから、必ずしも信用できないが、しゃべりすぎるのが軽薄な印象を与えることはこども心にも分かった。父は、

「ふだんは黙っていて、時折ぽつんとつぶやくと、重みのある人だと思われるものだ」

とわたしに教えた。実際に重みのある人間になる方法は教えてもらえなかったが、重みのある人間に見せる方法は教わったわけである。

だが、父もわたしも黙っていられないタチで、結局、黙っていることができるためには重みのある人間でなくてはならないことが後になって分かった。

最近では、黙っているのはよくないという風潮が見られる。教育の中にしゃべる訓練を入れろという声もある。欧米では、黙っている人間は自分の意見をもっていない愚かな人間に見られる、というのだ。

わたし自身は、自分の意見をもつことがいいことだとも思えないし、自己主張する人

間がいいとも思わない（まわりに自己主張する人間ばかりいる身になってほしいものだ）。

それに、本当に欧米でもしゃべる方がよいとされているかどうかは疑問である。「雄弁は銀、沈黙は金」ということわざは、もともと英語のことわざである。

その他、調べてみればこれに類したことばが欧米にあることが分かるのではないかと思う。「中身のない入れ物は大きい音を立てる」とか「声が大きい音痴の歌手よりは、声を出さない歌手の方がましだ」とか「大きい音を立てる自動車は壊れている」とか「音を出さないラジオは壊れている」などのことばがあってもおかしくない。

欧米がどうであれ、しゃべることばかりを重視していると、大事なことを見失うように思えてならない。深みのある人間はますますいなくなってしまうだろう。深みのある人間にはなれなくても、せめて深そうに見える人間にはなってほしいものだ。

もちろん、いくら沈黙がいいといっても、算数の時間に質問されても黙っているようでは、尊敬されないだろう。ただこの場合でも、大人物の風格をもった人が黙っているなら、質問するという行為や算数を教育している側の方が愚かに見える可能性がある。

問題は、大人物に見られるにはどうしたらいいかということである。黙っているだけでは愚鈍だと思われる恐れがある。沈黙を守っていて、肝心のときにぽつりというひとことが大事である。

ある哲学の研究会の席でみんなが口角泡を飛ばして議論したとき、沈黙を守っていたある哲学者が、最後にぽつんと「しかし哲学はなかった」とつぶやき、みんなを恥じ入らせたらしい。

わたしも、教授会などでみんながさんざん議論した後で、ぽつんとひとこと「しかし会議はなかった」といってみよう。

哲学者が五分間黙っていたら、眠っていると考えてまず間違いない

信頼できないパソコン

パソコンを買って一年近くになるが、いまだに、五年前に買った旧式のパソコンを使い続けている。

パソコンで五年前というのは、文化の発達の歴史でいうと、五万年前にあたる。それほど機能の点で大きく違うのだ。それにもかかわらず、新しいパソコンに切り替えられないのは、新しいパソコンがどうも信頼しきれないからである。

最近のパソコンを使った人なら経験があると思うが、使っている最中に、突然「このプログラムは不正な処理を行なったので強制終了されます」と表示して、勝手に終了してしまうことがある。こうなったら、そのとき作っていた貴重な文章もゲームの得点も消え失せてしまう。

原稿を書くふりをしてゲームで遊ぶのが不正なのかもしれないが、「不正な処理をした」と人間を責める前に、自分で原因をつきとめるくらいどうしてできないのだろうか。ひとことの謝りもなく、いきなり一方的に「強制終了されます」と通告するのは、思い上がっているのではないか。

もっと悪いことに、何が気に入らないのか、突然すべての活動を停止してしまうことがある。そうなったら、叩こうが、怒鳴ろうが、長嶋監督の物真似をしようが、まったく反応しなくなる。まわりの人間がわたしを無視するのと同じ状態になるのだ(絶対に謝らず、ひたすらわたしの責任を追及する点も似ている)。もちろん、作成中の原稿は消失し、ゲームも途中で打ち切られ、電源を入れ直すしかない。

もともとコンピュータは、人間より信頼できるものとして登場した。しかし、機械やソフトが複雑化するにつれて、信頼するのは危険であることが次第に分かってきた。たしかに人間よりは信頼できるかもしれないが、人間と比較しても自慢にはならない。ロバだって何だって、人間と比べたら信頼性が高いのだ。

それに、考えてみれば、コンピュータを作るのは人間である。信頼できない者が信頼できる機械を作れるはずがない。

さらに、ソフトを作るには緻密な論理的能力が必要であるが、これがとくに人間の苦手とするところである。ちょっと複雑なことになると、どうしてもミスを犯してしまう。

人間が処理できる複雑さは、スイッチを入れる程度が限度だろう（それでさえ、入れ忘れたりするのだ）。

前述の不具合も、ほとんどはプログラムのミスが原因である。パソコンはただ人間のミスを忠実に実行しているだけなのだ。

プログラマーの友人に聞くと、どうしてもミスは避けられないのだという。しかしそんなことでいいのだろうか。飛行機やミサイルもコンピュータで飛んでいるし、保険、給料、銀行にしてもコンピュータで管理されているのだ。

友人によるとそういうところで使われているソフトも完璧ということはないらしい。こうなると、唯一の救いは、その友人自身が信頼できない人間だということくらいだ。

わたしはこの話を聞いた翌日、念のため二つの銀行に口座を開いた。何かのミスで入金されるかもしれないと思ったのだ。

わたしが日ごろパソコンで使っているソフトも、大小さまざまなミスとの闘いを経て作られたものだ。多くのソフトには、ミスを修正した経緯を記した「履歴」というものがついている。わたしがソフトを作ったら履歴は次のようになるだろう。
①起動できないのを修正
②勝手に終了するのを修正

③どうやっても終了しないことが三回に一回起こるのを修正
④暴走してハードディスク内のデータを破壊するのを修正
⑤ワープロ起動画面が出るべきところで金太郎の絵が出てくるのを浦島太郎に変更
⑥亀を追加
⑦亀が山に見えていたのを修正
⑧何も出ないように修正
⑨起動できなくなったのを修正
⑩「あ」と入力すると「#ら¥%$」と表示するのを修正
⑪神経性胃潰瘍で一カ月入院
⑫退院後、プログラムを当初のワープロソフトから競馬予想ソフトに変更
⑬さらに無事起動するかどうかを当てる丁半ソフトに変更
⑭思うところあって出家

なぜ占ってもらうのか

若者に占いが人気だという。わたしにはこれが不思議でならない。

占いに興味をもつ点が不思議なのではない。若いうちは、占いに興味をもつものである。わたしも大学生のとき、翌日の期末試験がうまくいくかどうか、トランプの一人占いでよく占っていた。なかなかいい結果が出ず、いい結果が出るまでトランプ占いで徹夜していたものだ。

不思議なのは、若者のふだんの行動にふさわしくないように思える点である。

ふつう、占ってもらうといえば、つきあう相手のことや進路のことあたりだろう。しかし、つきあう相手について知りたければ、相手をできるだけ細かく観察するしかない。後悔したくなければ、結婚しないという道しかない。それ以外にできることは何もない。進路にしても、できるだけ調査したら、後は決断するしかない。それを、一面識もない人に相談しているのだ。

つきあおうと思っている相手の親がその占い師だというのなら分かる。将来占い師になろうか、と迷っているなら、占い師に相談してもよい。しかし、そういう状況ではないのにアドバイスを求めているのだ。

アドバイスしてくれる人がいなくて困っているなら、見知らぬ占い師に相談する気持ちも理解できる。しかしたいていは、アドバイスしたくて手ぐすね引いて待っている親などの年長者がまわりにいるのだ。

もちろん、まわりにいる年長者にも答えられない問題はいっぱいある。むしろ、ほとんどの問題に答えられないといっていい。

しかし、つきあう相手とか進路の問題のように、「やれることをやった後は本人の決断次第」という、知識を必要としない「決断の問題」については、年長者はだれでも明確な意見をもっており、自信をもってアドバイスをすることができる。こういう問題こそ、自信をもって「お前の決断は間違っている」と断定できるだけの失敗の蓄積が年長者にはある。

それにもかかわらず、若者は親や教師のアドバイスには耳を貸そうとせず、見ず知らずの占い師にアドバイスを求めているのだ。

年長者は、若者が自分と同じ間違いをしようとしているのが分かっていながら、手をこまねいて見ているしかない。年長者にとってはいらだたしい限りである。精神鍛練になってもよさそうに思えるほどだが、精神というものは鍛練されないものである。

通常、若者は、こどものときから長年にわたって教育を受けた結果、親や教師のいうことは何でも拒絶するという態度を身につける。他に何も学習しなくても、この態度だけはきちんと学習する。親や教師がどんなに有益なアドバイスをしようと耳を貸そうとせず、しまいには、有益なことなら何でも拒否するようにまでなっている。

この態度を貫き通すのなら、わたしは納得する。有益なことを避けるのは年長者も同じなのだ。しかし、なぜ占い師のいうことには謙虚に耳を傾けるのだろうか。不可解なのはその点である。

占い師だけは例外的に信頼できると思っているなら、占い師になりたがる若者がもっと多くてもよさそうなものだ。

占いが流行《はや》るのは、若者が自信をもっていないことの現れだ、と考える人もいるだろうが、自信をもっていない者が、年長者の意見をあれほど独善的にばかにするだろうか。

それとも「まわりの年長者は信用できない。ゆえに見知らぬ年長者は信用できる」と推論しているのだろうか。もしそうなら、動物以下の知能だ。

若者が占いに頼るというだけでも不可解だが、さらに不可解なことに、自分の性格を占い師に判定してもらう若者が増えているという。そのうち、夕食の献立を何にするか、どんなテレビ番組を見たらいいかも占ってもらうようになるだろう。

わたしも人間だ。占いに頼りたいと思うときもある。いまも、明日の講義でちゃんとしゃべれるか、不安でならない。だがわたしは占い師に占ってもらう気はない。いつものようにトランプで占うことにしよう。運がよければ徹夜にはならないだろう。

信頼される人相（ただしたぶん家族からは信頼されない人相）

特別な存在

多くの人が抱いている最大の不満は、「だれも自分を正当に評価してくれない」というものではないだろうか。

わたしの記憶では、この不満は幼稚園児のころから始まる。

不思議なことに、この不満をもつ人は、わたしがそうだからよく分かるが、「正当に評価」されたら困るような人たちである。こういう不満を訴えてもだれも相手にしないからいいようなものだが、それにしても、なぜ正当に評価されかねないような危ない橋を渡るのだろうか。

わたしはこの問題に取り組み、考え抜いた末、一つの答えをえた。十分間考えただけなので、まだ細部をつめていないが、わたしはこういう問題に答えを出すのが得意である。とくに間違った答えを出す点では人後に落ちない自信がある。

わたしの理論によれば、すべての人間は多かれ少なかれ、「自分は特別な存在だ」という信念をもっている（ネコ、ロバ、ラクダなども同じ信念をもっているように思う）。

こどものころは、自分が世界の中心だと考えるものだ。世界地図を見せられても自分が中心だという信念はゆるがない。現に自分がこうして生まれてきたのが、特別だという証拠である、と考える。

しかし年をとるにつれて、自分は特別な人間ではなく、大勢の中の一人にすぎないのではないか、という疑いがしだいに芽生えてくる。まわりの人間を見ても、それぞれ自分自身を特別視しているのが分かってくる。

だれもがそれぞれ自分は特別だと思っているのだから、自分一人だけが正しくて、他人は全員間違っている、とは考えにくい。ただ、これに対しては、「わたし以外、みんな勘違いしている」と考えることで、自分だけは特別だという信念を守ることができる。

だが、自分は特別だと信じ続けても、他人と接触しているうちに、「特別な人間に対するにしては、扱いがズサンではないか」と疑う機会が増えてくる。こういう場合、もっとも自然な結論は、「ゆえにわたしは特別ではない」というものであるが、ほとんどの人はこれとは違う結論を導き、「ゆえにわたしは正しく評価されていない」と考える。ここに「正当に評価されない」という不満が発生する。

始末の悪いことに、「お前のどこが特別なのか」と問われたら、特別な存在であるはずの自分の中をいくら探しても特別なところが一つも見つからない。他の人とは違う名前をもっているとか、頭のハゲ方が独特だ、などと考えて納得しようとしても、「それのどこが特別か」といわれたら終わりである。

自分が特別でないことに気づいたとき、あるいは気づきそうになった場合、あくまで自分は特別だという信念を守る方法がわたしの理論では二つある。

一つは恋愛である（もう一つについては次号）。恋愛の中では、相手が特別な存在になる。これは錯覚であるため、相手のどこが特別なのかは、はたの者には分からない（時間がたてば当人同士も、どこを特別だと思ったのか、分からなくなる）。鼻の形、うなじ、ほくろ、あばた、水虫など何でもよい。何の正当な理由もなく特別視するのだ。何のためにそんなことをするのだろうか。

自分が特別視している当の相手から特別だと思われたら、自分も特別な存在になれる（わけはないが、特別だと思い込むことができる）。

愛する人に愛されたいと思うのはこのためである。恋愛はちょうど、こっちも特別扱いするからそっちも特別扱いしてくれ、という取り引きのようなものである。われわれはこのような無理なやり方をしてまで、自分は特別だと実感しようとしているのである。

恋愛は、自分は特別だと思っている幼児的状態から、自分は特別でも何でもない人間だと悟るまでの移行期に発生する過渡的現象である。

通常、この過渡的現象は思春期に始まり、死ぬまで続く。

年をとると恋愛から卒業したようにみえるが、実際には、恋愛の対象から外されて、やむなく遠ざかっているだけである。恋愛がダメとなったら、特別視されるためには権力や金に訴えるしかない。それもなければ、年をとっているとか、病気であるという事実に頼って特別扱いを要求することになる。

わたしの理論の骨子はこうである。①みんな特別でもないのに特別な存在であると思いたがっている。②みんなと違ってわたしだけは本当に特別である。

だれも分かってくれない

多くの人は「だれもわたしを分かってくれない」という不満を抱いている。この不満は、「わたしのしてほしいことをだれもしてくれない」という意味をもつことがある。

しかし、こう訴えてもたいした効果は期待できない。通常、「お前は神様か。何でも自分の思い通りになると思うのが大きな勘違いだ」という冷たい反応が返ってくるだけである。こどもがダダをこねているのと同じだとみなされ、それまでの評価に「こどもじみている」という評価が加わるという、より悪い結果を招いてしまう。

そうなった場合、スネる、グレる、という道があるが、これが許されるのは、三十歳以下と七十歳以上の人だけである。「だれも分かってくれない」という不満は、その他に、「わたしを正当に評価してくれない」という意味をもつことがある。もちろん、本当の自分がどんなものなのか、本人にも分かっているわけではない。

ちょっと考えると、「本当の自分を知らないのに、どうして正当に評価されていないことが分かるのか」という疑問が生じるが、答えは簡単である。「わたしをこんなに粗末に扱っていいはずがない。だからわたしは不当に評価されているにちがいない」と推論しているのだ。

こうして、本当の自分を求めて自己探究の道に踏み込む（迷い込む）ことになる。もっとも簡単な自己探究の方法は、「わたしはどんな人間か」と他人にたずねる客観的方法である。

だが、この方法は見かけほど簡単ではない。たとえば自分をよく知っている人（家族など）にきいてみるといい。「お前は自分勝手だ。それにケチだ」などという答えが返ってくる。このように、わたしを熟知している者はすべて完全に誤解しきっている。だから、わたしを正しく認識してくれる人は、わたしをよく知らない人の中にいるはずだ。

ざっとこのように考える。そこで相談するのが、恋人（とくに恋愛初期における）である。恋人というものは、とんでもない錯覚に陥っているから、思ってもみない答えが期待できる。

たとえば相手が、あまりはっきりしゃべらないのを勘違いして「あなたは神秘的だ」といったとしよう。いわれた方は、どこが神秘的なのか分からないまま、「分かってもらえた」という満足感をえるのである。

「物憂げだ」といわれれば、「自分では活力がないと思っていたが、そうではなかったんだ」と考える。「孤独の影が漂っている」といわれれば、相手とつきあっているという明白な事実を忘れて、「自分はやはり孤独を求めていたのか」と納得する。

占い師などに相談するのも基本的には同じである。相談に答える方は簡単ではない。正確に相手の人間性を診断するためには、いろいろな情報が必要である。もっとも必要なのは、本人がどんな人間だと思われたがっているかという情報である。

もし本人の希望と違って「あなたは自分勝手だ」といったりしたら、「この占い師は当たらない」と考えて、別の占い師のところに行くだろう。そうやって自分の気に入る答えがえられるまで、自己探究の旅は続くのである。

たどりつく答えは、たとえば次のようなものだろう。「あなたは自分では気づいていないが、本当は内向的だ。ただ他人を思いやる気持ちが強すぎて、自分勝手なように見えるだけだ」。

このように、どんなにわけの分からない診断でも、自分の希望に合ってさえいれば素直に受け入れるのである。こうして、本人を含めてだれ一人として内向的だと思っていないのに、「本当は内向的なんだ」という無茶な思い込みが成立する。

ところで、哲学を勉強すれば正しい自己認識がえられると思う人がいるが、これは誤りである。わたしのまわりの哲学研究者は、たいてい「自分が一番賢い」と誤って思い込んでおり、正しい認識からは遠く隔たっている。この連中は何よりもまず、「どんなに悪くても土屋よりはまし」という誤解を捨てるところから始めてもらいたい。

通常の場合

実像　　思い込んでいる自分の姿

わたしの場合

実像　　思い込んでいる自分の姿

近況報告のいろいろ

わたしは大学生時代、美術サークルに入っていた。わたしを知っている人は、これを聞くと例外なく驚く。わたしが日展の常連入選者だというともっと驚く。本名がピカソだというと、もうだれも驚かない。人が何に驚くか、分からないものである。

美術サークルに入っていたのは事実であるが、中学以来、絵具にはさわっていない。絵の道に進んでいたら大画家になっていたかもしれないと思う。

わたしが絵の道に進まなかったのを惜しむのはわたしだけではない（絵具会社の人も惜しむはずだ）。

美術サークルにいたのは東大駒場寮に入っていたときである。寮は、同好の人間が集まるよう、部屋ごとに活動サークルが決まっており、わたしは美術サークルという部屋に入っていたのだ。

その部屋には高校の先輩がいたので、あらかじめ様子が分かっていた。美術活動が一切ない、ということを確認して、わたしは美術サークルに入った。

その美術サークルの同窓会（「むかし美研会」という）に先日、はじめて出席した。集まったのは十五人ほどで、わたしが一番年下である。

集まった人の仕事はさまざまだ。大企業関連会社役員（元大企業役員）、団体役員（元官僚）、建築家（元大学生）、大企業役員（元ヒラ社員）、事務次官（元小学生）などである。

わたしがふだん絶対に接触することのない人たちだ。

服装からして違う。わたしのようにジーンズ姿というのは皆無だ。鳥追い姿やウェディングドレス姿も見当たらない。

ふだん食べているものも、わたしのようにレバニラ定食や牛丼などを常食にしているような人はいないだろう。せいぜいギョーザ定食どまりだろう。

学生時代、似たりよったりの貧乏生活を送っていたのが信じられない。思えば、たしかに当時から小さい違いはあった。

当時、先輩たちはふすま張りのアルバイトをしていた。分業態勢ができており、注文をとる係、張り方を教える係、実際に仕事をする係、ピンハネする係、アルバイト先の娘と結婚させられる係など、分担していたという。

それに対し、わたしは、もっと上品に、留守番のアルバイトなどをしていた。美術サークルに入った動機もわたしとは違っていた。「色の道教えます」といううたい文句に淡い期待を抱いた人もいれば、ヌードを写生できると思った人もいた。それを聞いて、美術活動がないのを期待して入ったわたしの動機がキヨラカなものに思えた。

これらの細かい違いはあったものの、わたしとほぼ同じような生活を送っていた人々が、三十五年たった現在では、わたしとはまったく違う世界に住んでいるのである。その違いがもっとも明白に現れたのは、めいめいが近況報告をしたときだった。

近況報告の多くは、金融危機、温暖化防止策、新製品開発などに関するものだった。これを聞いて、わたしは住む世界の違いを痛感した。わたしが近況報告をしたら、「心の計算理論を主張するには還元主義ではうまくいかないことが分かりました」といったものになるだろう。

近況報告ほど人の生活を語るものはめったにない。先輩諸氏がこれほどまでまともな生活から外れてしまったとは意外だった。もっとも、外れているのはわたしだという可能性も否定できない。

しかし考えてみれば、わたしや先輩諸氏以上にふつうの生活からかけ離れた生活もあるのではなかろうか。

たとえば、こどものころ過ごした夏休みは、毎日同じことのくりかえしで、近況報告自体、意味がない（だから日記をつけさせるのは間違っている）生活だった。哲学には近況報告というものがある分だけまだふつうである。

さらにかけ離れた生活も考えられる。かりに、「この間、カエルが古池に跳び込んで音がしました」という近況報告をする人がいたら、その人の生活がわれわれの想像を超えたものであろうことは、容易に想像できる。

こう考えて、わたしは、哲学の世界はごくふつうだという結論に到達した。

こういう日記を書いていた

何が一番重要か

現代は価値喪失の時代だといわれることがある。追求すべき価値が見失われている、というのだ。だが本当にそうだろうか。

現代人が価値としてみなしているものは多数存在しているように思われる。たとえば生存、健康、快楽、お金、愛、名誉、美、地位、平和、安全、自由などは、ほとんどの人が一致して価値あるものと考えて、懸命に追求している。追求しすぎていたるところで争いが起きているほどだ。追求すべき価値を見失うどころか、価値意識が強すぎるのではないかと思う。

しかし問題は簡単ではない。これらの価値を全部手に入れることができれば問題はないが、これらはときどき互いに衝突し、どれかを犠牲にしなくてはならないことがある。たとえば健康を手に入れるためには金を使わなくてはならず、金を手に入れるためには、快楽を断念して働かなくてはならない。また、美しくなろうとすれば、食べる快楽をあきらめなくてはならない。

われわれはこれらの価値のどれを一番優先しているだろうか。ちょっと反省してみれば分かるが、何に一番大きい価値を置いているのか、自分でも分かっていないのがふつうである。もし分かっている人がいたら、その人は反省が足りない、とわたしはいい張るつもりである。

われわれが何に一番価値を置いているかを調べるにはどうしたらいいのだろうか。一番簡単な方法は、当人に質問してみることである。

しかしこの方法は絶対ではない。日ごろ「人生は金だ」と公言している人が女に金をつぎこんだり、こっそりユニセフに寄付していたりするのだ。

本当の価値観を知る最終的な手がかりは、その人の行動にある。複数の選択肢の中から何を選ぶかを見れば、その人が何に価値を置いているかが分かる。人間は、一番重視しているものを選び取るし、それを一番気にかけているはずである。

だから、自分の行動を振り返ってみれば、自分が何を一番重視しているかが分かるに違いない。一日の行動を振り返ってみた。

朝、講義の準備のために哲学の問題を考えながら、朝食をとる（考えることと食べることは両立する）。その合間に新聞に目を通すと、とたんに哲学のことは忘れ、経済の成り行きやプロ野球選手の契約更改が気になり、心はそのことに占領される（このとき、わたしは哲学より経済や野球を重視している）。

ふと気がつくと、もう家を出る時間を過ぎている。大急ぎで支度して家を出て、信号を無視して駅に向かう。電車に間に合うかどうかで頭はいっぱいだ（このとき、間に合うことが、哲学、政治、野球、法規遵守よりも重要である）。

電車内でのことについては省略するが、講義の準備よりも、若者の携帯電話の話の内容と日本の将来に心を奪われる。

大学に着き、講義を始めるが、予想通りうまくいかない。一刻も早く終わりの時間が来るのを願う（教育よりも教育からの解放を重視している）。

講義が終わる。自責の念にかられ、この次こそはちゃんとした講義ができるよう、いまから準備しようと決心するが、会議に出たり学生の論文指導をしているうちに忘れてしまう（講義の準備より、大学をクビにならない方を優先させている）。

外食することに決め（かしこまって食べる食事よりも気楽な食事を重視）、牛丼の大盛りを食べる（健康より快楽を重視）。喫茶店などで時間をつぶした後（家で邪魔者扱いされるより、自由を重視）、駅から早足で遠回りして（安楽さより健康を重視）、帰宅する（外泊して面倒を起こすより、安全を重視）。帰宅後すぐにテレビをつけてスポーツニュースを見る（口論の危険を冒すよりも情報収集を重視）。途中で音楽番組、さらに映画紹介番組に切り替える（情報収集より芸術鑑賞、芸術鑑賞より情報収集を重視）。眠いので、風呂に入るのをやめ（清潔さより温暖化防止を重視）、歯を磨いて（安楽さより清潔さを重視）、就寝（原稿執筆や棚の修理より安楽さを重視）。

自分の価値観がますます分からなくなった。

大決心

新年を迎えるたびに決心する。しかし今年はいままでに例をみない一大決心をした。

通常、わたしが決心するとどういう結果になるか、例をあげて説明する。

わたしに格闘技の心得があることはだれにも知られていない。自分でも知らないくらいだ。しかし格闘技には強い関心がある。

ヒクソン・グレーシーの試合をテレビで見たとき、その強さに驚き、古武士のような武士道精神が現代に生きていたことに感動した。ああなろうと決心し、テレビを見終わると、すぐに腕立て伏せを十五回した。

十六回できたかもしれないが、急ぎすぎると長続きしないことが経験で分かっている。徐々に増やしていき、最終的に一日百回程度にまでもっていけばよい。

腕立て伏せを終えたときは、力がつくのが感じられ、無敵の強者になって、心おだやかに弱者をいたわっている姿が目に浮かんだ。気力はみなぎり、向上心は燃えあがり、次の日が待ち遠しくて、寝つけなかった。

翌日、筋肉の痛みが快かったが、夜になってトレーニングの時間がくると、ここでがんばるとかえって筋肉をいためるのではないかと思って、自重する。その翌日になると、筋肉の痛みが重さに変わり、再び自重する。

以後、腕立て伏せのことを考えるたびに筋肉が重く感じられ、自重し続けて二カ月になる。

ダンベル体操を決意したときも同じ経過をたどった。一念発起してダンベルを買ってから、いままでに二、三回やっただけだ。振り返ってみると、買った店から家まで運んだのが一番のトレーニングだったと思う。

決心すると決まってこのような結果になる。どうしてこういう結果に終わるのだろうか。

ソクラテスがいったように、人は自分の利益になると思えばどんなことでも実行するはずである。だが、無敵の強者になることは、わたしの利益なのに、強くなろうとしないのである。

無敵の強者になる努力をするのに障害があるわけではない。金もかからず、だれも反対しないのだ（ヒクソンは反対するかもしれないが）。

また、気が変わったわけでもない（いまでも強者になりたいのだ）。

欲望に負けてくじけたのでもない（「弱い人間のままでいたい」という欲望をもっている人はいない）。

安逸を求めたためにくじけたのでもない（ふとんに入って安逸に過ごせ、といわれたら、一時間もじっとしていられないだろう）。

達人になろうという決意が、何の理由もなく、終息したのだ。このような、理屈の上では起こりえないはずの現象が、わたしが決心するたびに起こるのである。奇跡というしかない。

年頭の決意も、こどものころから続けているが、一度も守れたためしがない。思いあまって、「決心したことは守ることにしよう」という決心を付け加えてみたが、何の効果もなかった。念を入れて「必ず守ることにしよう」と修正しても結果は同じだった。

中年になってからは、「何を決心したかを忘れないようにしよう」という決心を追加した。これは後に、「何を決心したか、正月の間は忘れないようにしよう」と修正した。最近では、「決心したことは何かに書きとめておこう」と修正している。

くじける原因を考え抜いた結果、一つの結論に到達した。くじける原因は決心することにある。

決心には奇妙なところがある。実行できることなら、決心するまでもなく、すでにやっているはずだ。

食事をしたり映画を見たりするのに決心する人があるだろうか。逆に、ダイエット、禁煙、本の整理、棚の修理などを何の決心もなしにやれる人がいるだろうか。

実行できそうもないと思ったとき、人は決心するのではなかろうか。

何をするかは、決心するしないに関係なく決まっているのだ。こんなことでは人間に自己決定能力があるかどうか、疑わしい。決心してもどうせ行動を変えられないのなら、いっそ抵抗をやめて成り行きにまかせた方がいい。

こう思って「さかしらな計らいを捨て、決心するのをやめよう」と一大決心を固めた。

だがこれも守れそうな気がしない。

英単語記憶法①

記憶しなくてはならないことがどうしてこんなに多いのだろうか。こどものころからいろんなことを無理やり記憶させられてきたが大人になったいまでも、会議の日時、哲学の学説、学生の名前、原稿の締切日、箸の持ち方、妻の名前、自分の名前など、覚えておかなくてはならないものが多すぎる。

不幸なことに、記憶力は衰える一方である。最近、物忘れがひどくなってきた。とくにこの四十年がひどい（その前の記憶力については、記憶にない）。

会議の日時など、忘れまいとして手帳に書くことにしているが、手帳に書くのを忘れたり、手帳を見るのを忘れたりするのだ。先日も会議に出るのを忘れ、謝ろうと思っていたが、それも忘れてしまった。

夏休みの始まる日とか、休日とか、いつが正月か、などを忘れないのが不思議である。

最近では、一週間前のことが思い出せない。それどころか、三分前のことが思い出せないことがある。助手室に行った後で、何をしに来たのか、思い出せなかったりするのだ。

こういうとき、

「わたしが何のためにここに来たか、覚えていないか」

と助手にたずねるのだが、助手も覚えていないという。若いうちからこんなに忘れっぽい助手がふびんである。

不思議なことに、三分前のことが思い出せなくなっている一方で、ずっと前のことは記憶に残っている。大化の改新が六四五年に起きたとか、宇宙がだいたい百五十億年前に誕生したということは覚えているのだ。

長い目で見れば、三分前のことなど記憶に値しないことばかりだ。年をとると、物事を長い視野でとらえるようになるのかもしれない。

授業中にも恥をかくことがある。先日も、「〈カテゴリー〉というのは、日本語では、範疇《はんちゅう》とかカテゴリーと訳されます。ハンチュウといっても、漢字で書けないだろうが、これくらいは覚えておきなさい」といって、黒板に「範」と書いてから「疇」の字を書けないことに気づいた。

以前、「疇」の字を書こうとして書けなかったのを忘れていたのだ。その場は「範ちゅう」と書いて、かろうじて面目をたもったが、物忘れのために物笑いになるところだった。

今後、物忘れの度がさらに進むのは間違いない。いまはまだズボンのファスナーを閉め忘れる程度ですんでいるが、そのうちファスナーを開け忘れるときがくる。

そうなったら、何を覚えておくべきかも忘れるようになり、記憶の義務から解放されているだろう。そのときが待ち遠しいような気がする。

記憶力が弱いのは学者には不利である。わたしは商売柄、英文を読むことが多い。英語を苦手にする人は多いが、元来、語学というものは簡単である。日本人ならだれでも日本語をマスターしているのだ。英語でも、単語、文法、読解、英作文、ヒアリング、スピーキングさえマスターすれば何の問題もない。

わたしにとって最大の難関は単語である。わたしはしょっちゅう辞書を引いているが、五分前に引いた単語をまた辞書で引く、ということがよくある。五分前に引いたということだけは鮮明に覚えているだけに、くやしさもひとしおである。さらにその五分後に同じ単語が出てくると、すでに二回辞書を引いたこと、五分前にくやしい思いをしたこと、辞書の右側のページの上のあたりにあることは、完全に覚えているが、単語の意味は完全に忘れているのだ。

辞書に頼らず、単語の意味を推測しながら読む方法も試みてみたが、それだと、英文を読んでいるのか創作しているのか分からなくなり、かえって面倒な結果を招くことが判明した。

何度も辞書を引くわずらわしさを経験すると、「こんなにわずらわしいのなら単語をまとめて覚えておいた方が効率的だ」と思い、ときどき、単語の暗記に挑戦するのだが、結果的には、「こんなにわずらわしいのなら、辞書を引いた方がましだ」と思って辞書を引く生活に逆戻りするのだ。これを何回くりかえしてきたか、覚えていない。

【英単語記憶法のいろいろについては次号。次号まで忘れていなければいいが】

英単語記憶法②

英単語を覚えるための本は数多く出版されている。ほとんどのタイプのものを試した結果、この種の本には同じ欠点があることが分かった。どれも、本を買うだけでは覚えられないのだ。

もっとも多いのは、記憶すべき単語を集めた本である。昔の『豆単』以来、デル単、シケ単、スカ単など多くの種類がでており、収録語数や並べ方の違いがある。

ふつう、購入するときは千語や二千語では不十分だと考えて、収録語数の多いものを買うものだが、最初のページから覚えていくと、だいたい四、五ページ進んだところで挫折するから、収録語数は気にする必要はない。何回も挑戦しているうちに、最初の四、五ページに載っている単語については、「見覚えがある」というところまではいくが、意味を暗記するところまでもっていくのは難しい。

結果的には、単語のかわりに挫折感が心に深く刻まれることになる。一冊四、五ページの単語集なら、挫折感は多少軽減されるのではないかと思う。

単語集の多くはアルファベット順、頻出度順に並べているが、わざと無秩序に並べたものもある。これは、見覚えのある単語がアルファベットのはじめの方にかたよっているよりは、無秩序に散らばっている方が好ましいという思想であろう。

逆に、系統的に分野別に並べたものもある。何の脈絡もなくバラバラに覚えるのは無理があるが、その点この方法は、系統的に覚えられないという特徴がある。

単語ごとに暗記用の例文を載せたものもある。これは、単語だけでは覚えられない人のために、暗記する量を増やせばもっと覚えにくくなるという原理を利用している。

記憶すべき課題を示すだけでなく、積極的に記憶法を示したものとして、語源による方法と語呂による方法がある。

語源法は、接頭辞などの語源を覚え、その組み合わせで単語の意味を推定する方法である。たとえば import（輸入）は、「中に＋運ぶ」が語源だと分かれば覚えやすい。

しかし簡単にいかない場合も多い。たとえば、refuse の語源は「再び＋注ぐ、注ぎ＋直す」ということだが、それがどうして「拒絶する」という意味になるのか簡単には推定できない。下手をすると、だれかの申し出を注ぎ直しかねない。

最近よく見る記憶法として、語呂による方法がある。たとえば「kennel（犬小屋）」を「犬寝る」と覚える方法である。

一般に、語呂合わせ法は危険をともなう。たとえば大化の改新の年号（六四五年）を「蘇我の一族ムシゴロシ」と覚える場合、「蘇我の一族ミナゴロシ」だったと間違えて、大化の改新は三七五六四年に起きたと思い込む恐れがある。

kennelを「犬寝る」と覚える場合であれば、kennelの意味は「犬用の枕」や「犬用の睡眠薬」だ、と間違える程度だが、こういうのは少ない。

さらに、相当な無理も覚悟しなくてはならない。たとえば「angry（怒っている）」を「口をあんぐりあけて怒っている」と覚えろといわれても、口をあんぐりあけて怒っているところは想像するだけでも難しい。

中には、reputation（評判）を「冷風がピュ、ーと吹く停車駅の評判悪し」と覚えろといったたぐいのものを満載した本もある。これを覚えるくらいなら普通に覚えた方が速いと思うが、ここまで可笑しければ暗記などどうでもよい。

ここに語呂合わせ法の最大の問題点がある。可笑しすぎて勉強にならないのだ。

だが、挫折の連続の中で愛読書を見つけたのは思わぬ収穫だった。語呂合わせ法の本の中には爆笑本があり、①笑える②勉強にならない、という愛読書の条件にかなっているのだ。

結局、どんなに工夫しても暗記は困難である。脳の記憶容量の限界に達しているとしか思えない。これ以上覚えようとしても、野球選手の打率や麻雀の点数計算の方法くらいしか入る余地がない。人間の脳は数割しか使われていないと主張する科学者がいるが、彼らは英単語を暗記したことがないにちがいない。

辞書の引き方を忘れないようにすることで満足するしかない。

危険の計算

最近、天気予報が外れることが少なくなった。正確にいえば、外れたかどうかが、はっきりしなくなった。降水確率という予報の仕方のためである。

たとえば、三〇パーセントの降水確率という予報が出た場合、たとえ雨が降らなくても外れたことにはならない。この予報を百回出して一回も雨が降らなくても、外れではない。理論的には、無限回その予報が出たときどれくらい雨が降ったかを調べないと、外れたとはいえないのだ。

どうしてそれが傘を持って行くかどうかを判断する目安になるのか、不思議であるが、それを目安にして、四〇パーセント以上なら傘を持って出るという人が多い。

わたしの場合、傘を持って出るかどうかの決め方はそれほど単純ではなく、かなり複雑な計算をして決めている。まず、今日の天気予報が当たる確率は七〇パーセントぐらいかな、と予想し、わたしのその判断が当たる確率を、今日は二〇パーセントくらいだろう、と計算する。次に、計算結果を勘案しつつ、かばんに傘を入れる余地があれば持って出かけ、余地がなければ持たないで出かけるようにしている。

確率が示されたとき人間がどう行動するかは、簡単に推測できない。人間は天気より予想が難しいのだ。

たとえば、健康増進によく効く薬があったとしよう。その薬の注意書きに、「この薬を飲むと健康になりますが、百万分の一の確率で死ぬことがあります」と書かれていたら、おそらく飲む人はいないだろう。

百万分の一の確率というのは、交通事故で死ぬのよりはるかに低い確率である。交通事故を恐れて外出せず、家の中でラーメンを食べている方が危険だろう。その薬に比べたら、わたしが眠っている間に妻に絞め殺される危険の方がはるかに大きい。

このように、ゼロに近い危険を気にするくせに、われわれは危険なはずの車や飛行機に平気で乗って遊びに出かけ、タバコを吸い、地震の起こる確率の高いところに住み、死期を早める確率の高い食べ物を食べ、殺されるかもしれない人間関係の中で暮らしているのだ。

薬の注意書きがもう少しおだやかに、「十回飲むと一日だけ寿命が短くなる恐れがあります」となっていても、飲むのはためらわれるだろう。毎日を無駄に過ごしているくせに、一日でも寿命が縮むのを恐れるのだ。

薬が生命にかかわらなくても、「これを飲むと、ほんの少しだけ頭が悪くなることがあります」となっていたり、「顔の幅が一センチ大きくなることがあります」となっていたら、たとえ確率が百万分の一だとしても、飲むのははばかられるだろう。

われわれはこのように、かぎりなくゼロに近い危険でも避けようとするほど慎重だが、逆に、うまくいく可能性がほとんどゼロでも、その可能性に賭ける大胆さももっており、気の遠くなるようなかすかな可能性に希望を託して、宝くじを買ったり、結婚したりしている。

こう考えると、かりにすべての事象の危険性が精密に計算できたとしても、生活がより安全になるかどうかは疑問である。問題なのはその計算結果を人間がどう使うかである。

たとえば、株価は上がるか下がるかの二つの可能性しかないが、ほとんどの人が失敗する。証券アナリストをしていた人の話では、株価の予想は、専門家が深く考えれば考えるほど、外れやすくなるという。サルがサイコロを振る方がよく当たるというのだ。たぶん、国家の経済政策も個人の行動も、すべてサイコロによって決める方が間違いが少ないのかもしれない。

人間はロボットと違い、機械的に数字で行動しているのではない。欲や願望や気まぐれや誤解や幻想が大きく作用している。その点にこそ、人間とロボットとの最大の違い、自由があり、人間の誇りがある。

なお、ここに書いたことは九五パーセントの確率で正しいことを保証する。

間違いの少ない顔

北極グマを見ろ

先日、定食屋でサバの塩焼き定食を食べていたときのことだ。たまにしか訪れない幸福な瞬間だ。だが、幸福というものは長続きしない。たいてい、おろしたてのシャツに醬油がはねたり、サバが小さかったりするのだ。この日は違う理由だった。

店内は混んでいて、入り口には何人も列を作って待っている。隣の四人用テーブルでしゃべっている学生風のカップルが気になった。食事はかなり前にすませたらしく、食器は下げられ、灰皿にはタバコの吸い殻が何本も入っている。待っている客のことは眼中にない様子だ。

この無神経さでわたしの幸福は途絶えた。この男女は待っている人の気持ちを考えたことがあるのか。わたしが待っているときは、ぐずぐずする客に呪いをかけていたのだ。

最近の若者は他人の痛みが分からないといわれるが、呪いもかからないのではないか。

それだけでも許せないのに、女の態度が、見苦しいのひとことだ。非常にだらしなく腰掛けていて、いまにも椅子からずり落ちそうになっている。そのままずり落ちてしまえ、と呪いをかけたが、あと一息のところで椅子に引っかかったままだ。

女のしゃべり方がまた、だらけきっている。これではとうてい消防士や軍人にはなれないだろう。とくに北極グマには絶対になれないだろう。

北極グマを見ろ。前の晩にテレビで見たが、北極グマはアザラシを獲ることのできない数カ月の間、寒風吹きすさぶ極北の地で、ほとんど何も食べないで過ごし、三百キロの体重が百五十キロにまで減るほど苛酷な条件の中で生きている。こんな厳しい生活をしている北極グマと自分を比べて、恥ずかしいと思わないのか。

北極グマだけではない。世界には、餓死の危険に直面しながら毎日を送っている人々もいるのだ。そういう厳しい生活をしながら不平一ついわない人々に対して申しわけないと思わないのか。働きもしないのに、ぬくぬくと腹いっぱい食べ、タバコを吸う、その緊張感のない態度は何だ。ちっとは反省しろ。

問題が少しずれたような気もしたが、北極グマのことを思い出してから胸が熱くなっている。熱いみそ汁を飲んだからかもしれない。

わたしはサバを食べながら、アザラシにありついた北極グマのような心境になっていた。

男は不機嫌な顔をしており、ときどきぼそっとつぶやいている。二人のやりとりは、音声的には、ちょうど、けだるそうに牛が鳴いているところへ、ときおり風邪をひいたカエルがゲロッと鳴く状況に似ている。音声的にはおだやかだが、雰囲気的にはやや険悪だ。呪いの効果が現れはじめたのかもしれない。

なお、味覚的にはサバの味は良好である。二人の関係が険悪そうなのと味が良好というので、少しは怒りが和らいだものの、けんかにでも発展しないことにはまだ気がおさまらない。取っ組み合いのけんかになれ、と呪いをかけたが、効果はない。

耳をそばだてて聞くと、女は「だってえー、ケンちゃんー、怒ってるんじゃん」とだらけている。それを聞いたわたしは心の中で叫んだ。

「ここにいるケンちゃんだったら、たしかに怒っているぞ」

その場にわたし以外だれもいなかったら、大声で怒鳴ったところだ。

もっと呪いをかけてやりたかったが、これ以上ぐずぐずしていると、待っている客がわたしに呪いをかける恐れがある。わたしは呪いに弱いタイプだ。

「暖衣飽食の甘えきったやつらよ、北極グマの真摯な態度の十分の一でも見習ってみろ」と心の中でいい捨ててわたしは席を立った。

外に出たときには、わたしは北極グマになりきっていた。外は寒く、強い北風が身を切るようだ。歩きながら、この何十倍も寒く、激しい吹雪の中を、こどもを連れ、食べ物を求めてさまよう北極グマのことを考えた。だらけきった連中を軽蔑しながらしばらく歩いたところで、早くこたつに入って熱いお茶でほかほかの肉まんを食べようと思いたち、足を速めた。

見るかげもなくやせ衰えた
北極グマの親子

一貫しない動物

人間の言動は一貫しないものだということを、これまでわたしは機会あるたびに一貫して主張してきた。そして何よりの証拠がわたしだと説いてきた。

だれでも経験があると思うが、健康になりたいと思っていながら身体に悪いことをしたり、仕事の妨げになると分かっていながらつまらないテレビを見たりする。何を望んでいるのか、自分でもよく分かっていないのだ。

このような事例は枚挙にいとまがない。

たとえば、よい景色を見ると、「絵のようだ」という。それなら絵を見ていればよさそうなものだが、絵を見て気に入ると「まるで実物みたいだ」といって賞賛する。

子犬を見て「ぬいぐるみのようだ」とほめるかと思えば、ぬいぐるみを見て「まるで生きているようだ」という。

さらに、「早く寝つく方法」を説いた本を徹夜で読んだり、スポーツクラブまでのわずかな距離を車で行ったりする（その矛盾をつかれて「わたしはスポーツカーに乗っている」といい張る人がいるが、そういうミョーなところで一貫性を主張したりするのだ）。

先日、駅前の路上にシイタケの産地直送の店が出ていた。「健康にシイタケを！」と大きく書いてある紙のそばで若者がタバコを吸いながら売っている。

これは一見すると、不整合であるように見えるが、そこには何の矛盾もない。健康食品を売っているからといって、健康になりたがっているとはかぎらない。ちょうど、タバコを売る人がタバコを吸う必要がないのと同じである。

一貫しているかどうかを判定するのがもっと難しい場合もある。

結婚披露宴などで食事をするたびに思うのだが、たいていの人はマナーを守ることに腐心する。日ごろ、交通規則などを平気で破り、歩きながら唾を吐き、タバコの吸い殻を道に捨てている人が、どうして、どのフォークから使えばいいかといったどっちでもいいことにこだわるのか、不可解というしかない。

他人が見ているからかもしれないが、しかしタバコの吸い殻を捨てるときも他人に見られているのだ。

昔、新幹線ができたころ、新幹線に乗り換える前に乗っていた在来線でタバコの吸い殻を床に捨てていた人が、新幹線に乗ると、走り回るこどもをにらみつけたりするのを見て、不可解に思えた記憶がある。

同様に、産業廃棄物の不法投棄をしている人も、家の中で、こどもが食べ残しをふとんの上にばらまいたりしたら叱っているのではないかと思う。

こういう人の行動が一貫しているかどうかは、厳密に考えると、簡単な問題ではない（厳密に考えていくと、たいていのことは簡単でなくなる）。その人が「特定の機会にだけ規則を守る」行動をしているのだと考えれば、それはそれで一貫しているといえなくはない。だが、常識的には、そういう行動は一貫性がないとみなされるから、ここでは常識に従っておく（迷ったときには常識に従うのが間違いが少ない）。

このように、人間がいたるところで一貫性を欠く行動をしているのを見て、一貫性を軽視しているのかと思ったら大きな間違いである。わたしの妻に「お前は一貫性がない」と指摘してみればいい。怒るか、むきになって否定するか、どちらかで、素直に認めることは決してない。

それなら、素直に認めることは絶対にないのかと思って、「お前は美人だ」と試しにいってみたら、素直に認めるのだ。

人間は、このように一貫性にこだわりながらも一貫性のない行動をくりかえしているのだ。どこまでも一貫性を避けているとしか思えないのである。

このような人間の言動をどう説明できるだろうか。わたしは人間を「一貫性のない動物」と定義するしかないように思う。

だが、こう定義しても、「説明不可能だ」という説明と同じで、説明にならないような気がする。

考えてみれば、妻は、本を整理しろ、棚を修理しろ、と一貫して主張し続けているし、それを拒み続けているわたしの行動も一貫しているように思う。人間は一貫しないというわたしの主張も、貫き通すことはできないかもしれない。

高熱に苦しんだ日々

インフルエンザにかかってしまった。いままでまわりの人が次々に倒れていたが、倒れるのは、いつバチが当たってもおかしくない連中ばかりだったので、「やはり悪いことはできないものだ。これで悔い改めたろう」としか思っていなかったのだ。わたしが罹患《りかん》したことで、インフルエンザには道徳的意図がないことが確認できた。

最初のうち、どうも身体の調子がおかしい、と思いながらも、無理をして外を飛び回り、粗末な食事に耐え、まわりの人間にこづきまわされる、という生活を送ったのがたったのかもしれない。そういう状態が数十年続き、最近では、仕事に身が入らないと思うたびに体温を測っては、平熱しかない、という日が何日か続いていた。今日もやる気が起こらないなと思って体温を測ってみたら三十八度を超えていたのである。

体温はみるみる上がり、体温計の目盛りは三十九度近くを指していた。わたしの感覚では五十度を超えていたと思う。体温計では五十度までは測れない。こんど体温計を買い替えるときは工業用のものにしようと思う。

どうしてこのような高熱が出るのだろうか。これを解明すれば、新型カイロが開発できるかもしれない。

さっそく医者に薬をもらい、大学を欠勤する。わたし自身は働いてもいいのだが、他人にうつしたりすると迷惑になる。暖かい寝床の中で好きな本を読んでいるのはわたし一人でたくさんだ。

約束してあった友人にも断りの電話をする。友人は、わたしのことを気づかい、親切にアドバイスしてくれた。

「そういうときはゆっくり休むことだ。野生の動物を見ろ。彼らは病気になると、何もしないでただじっとしているんだ。動物はしばらくそうやってから、静かに死んでいく」

と教えてくれた。

ラジオのニュースを聞いていると、インフルエンザがもとで脳炎を起こしたこどもが三人死亡したという。死亡者の中に上品な紳士が加わっても不思議ではない状況だ。

実際、苦しい状態が続くと、人間はだんだん弱気になってくる。こんなにつらい目をして生きていなくてはならないのなら、ひと思いに、天国に召されて楽しい生活を送った方がましだと思う（「楽しい生活」とは、わたしのイメージでは、健康な身体に恵まれ、毎日無料で酒池肉林の生活を送ることだ）。

高熱が何十時間も続くと、身体の中をトロ火でぐつぐつ煮ているのと同じである。体内でモツのシチューができているのではないかと思う。少なくとも、発酵ぐらいはしているのではないかと思う。いま、頭の中を開けたら、脳がちょうど食べごろのパンになっているのではないか。

その兆候か、精神面でも変化が現れる。何もする気が起こらない。とくに本の整理、採点、会議、道路工事など、まったくする気が起こらない。

この点ではふだんと変わらないが、好きな本を読む気も起こらない。病気になったら読もうととっておいた学術書など、見るのもいやだ。体調が絶好調のときに読もうと思ってとっておいたミステリさえ、読む気が起こらない。

無理に新聞などを読もうとしても、内容が支離滅裂であるような気がする。ためしにわたしの文章を読んでみたが、これも支離滅裂であるかのような錯覚にとらえられる。

食欲もなくなる。お茶でさえ喉を通らないのだ。ゴキブリ、机、電車、妻の料理など、食べる気も起こらない。

眠っている間も、とりとめのない想念がくりかえし頭の中をかけめぐる。まるでふだん通り哲学のことを考えているみたいだ。

こんなに苦しいのなら、元気で働いていた方がましだと本気で思う。病気で寝てられたらいいのにと願っていたふだんの気持ちを心から反省した。

熱が下がらない日が三日続いた後、突然、身体は快方に向かった。健康のありがたさをかみしめながら大学に行くと、助手が意外そうな顔をしていった。

「もう治ったんですか。早いですね。X先生はまだお休みです」

これを聞いたとたん、熱がぶり返してくるのを感じた。

どこまで勝手なのか

多くの人は、人間は自分の利益しか考えない勝手な動物だと考えている。ふつう、長年自分を観察していると、こういうふうにしか考えられなくなるのだ。

わたしもその一人だったが、最近、この考えは間違っていると思えるようになってきた。自分の利益をはかる以前に、そもそも自分が何者であるかも分かっていないように思えてきたのだ。

たとえば、オリンピックで日本人選手が金メダルを取ったとき、たいていの人は、まるで自分のことのように喜び、感激にひたったのではないだろうか。その選手との間には日本人というつながりしかないのに、その選手になりきったのではないか。わたしなどは、選手になりきって表彰台で国歌を聞きながら二位や三位の選手の健闘をたたえたほどだ。

優勝した選手がどんな苦労を味わったか何も知らないまま（競技のルールもはっきり知らないのだ）、不遇の日々が走馬灯のように心を去来さえした（だれでも自分は不遇だと思っているから、不遇の内容をでっちあげるのは簡単である）。

重圧に耐えての勝利だとテレビが伝えると、自分がプレッシャーに弱いのを忘れ、重圧との苦しい闘いに勝った喜びをかみしめ、選手の父親が一年前に死んだとアナウンサーがいうと、自分の父親が隣でラーメンをすすっているのに、父親の死の悲しみを乗り越えたような気分になるのだ。

こういうことになると、人間の想像力の奔放さは想像を絶するものがある。中年男が、十代の女性選手になりきったり、ラージヒルのジャンプの団体だと思い込んだり、プロ野球の球団になったりするのである。だが、予選落ちした選手になりきることはあまりなく、自分が偉大だと思っている人になりきろうとする傾向がある（この点、阪神ファンの心理は謎である）。

注目すべきことは、われわれは、何か利益を期待してこういう無理な思い込みをするのではないということである。利益を度外視して、選手を応援し、自分のことのように喜び、翌日スポーツ新聞を読んで、何回も喜びを味わうのだ。本人以上に喜んでいる人もいるにちがいない。

こういう行動は利他的であるように見えるが、実際には、ほめたたえられている本人になりきっているだけである。

むろん、どんな人物にもなりきれるわけではない。どんなに希薄でもいいから何らかのつながりが必要である。どんなにあこがれていても、ふつうの日本人がマザー・テレサや盲導犬になりきることは難しい。

先日、わたしの出身の岡山県のことを調べていたら、岡山県は誇るべきさまざまなものを輩出していることが分かった。宮本武蔵、法然、栄西、桃太郎、カブトガニ、吉備団子などである。

これを知ると、何の宗教心もない人間が「法然と同郷だ」と、急に同郷意識に目覚め、同郷であることを自分の手柄であるかのように自慢するのである。

だが、岡山県は人為的に作られた行政単位にすぎない。何かの偶然で、岡山県がベーリング海峡と八丈島とトルキスタンを合わせたものだったこともありえたのだ。当然、出身地が偉大な人と偶然同じだからといって、偉大な人間であるとはかぎらない。むしろそういう理由で自分を偉大だと思う人にろくな人はいないのがふつうである。

第一、桃太郎と同郷なら、退治された鬼とも同郷かもしれないのに、そういう都合の悪いことは考えもしないのである。

同郷の人は偉大な人間ばかりではないと考えたとしても、つまらない人間とは似ても似つかないはずだ、と何の根拠もなく前提してしまう。偉大な人間とは出身地や生年月日などのかすかな共通点をもとにしてその人物になりきるくせに、つまらない人間とは「町が違う、番地が違う」、「生年月日が違う」などと、違いを強調するのだ。

どうしてこういう無茶な思い込みができるのか、不思議というしかない。自分の利益を追求するよりも勝手である。

オリンピック選手や桃太郎になりきるのはまだいい。だが、わたしを支配する権利があるとか、世界的な美人だとか、教師よりも頭のいい学生だなどと思い込むのだけはやめてほしい。

書き直せ

　助手室に行くと、助手がいた。八百屋に行くと野菜があり、台所に行くとゴキブリがいるのと同じである。わたしを見ると、顔をかがやかせた。こういうときはろくなことがない。案の定、助手はこういった。

「お願いがあるんですが」

　こういう場合、「千円受け取ってもらえませんか」というお願いは絶対にないと断言できる。そこでわたしはこう応じた。

「実は、こちらも願いがある。わたしに願いごとをしないでほしいという願いだ。願いごとなら、星に願いなさい。星に願いごとをするような美しい心をもて」

「先生こそそうなさったらどうですか」

「星に願って通じるような生易しい相手じゃないだろう、君は。直接いっても通じないような人間が相手なのだ」

「偶然わたしも同じようなのが相手なんです。ふざけるのはもうこれくらいでいいですか」

「わたしの切なる願いを簡単に踏みにじるやつだな。仕方がない。聞こう。なお、金はないからな」

「分かってます。先週、先生に、事故の参考証言書を書いていただきましたよね」

一年前、助手が自転車に乗っていたとき、道端に置いてあった自転車に衝突して顔に怪我をした。そのときの保険金を受け取るために、第三者の証言書が必要だったのだ。自転車にしか乗らないのに交通災害保険に入るという神経も分からないが、止めてある自転車に衝突する運動神経も理解を超えている。

「あれを書くのは一苦労だった。散歩の方が楽だったくらいだ」

「申しわけないんですが、書き直していただきたいんです」

「何だって。書き直せというのか。いい間違えじゃないのか。本当は、今年の巨人は強いといいたいんじゃないのか」

「そんなこと、いいたいわけがないでしょう。書き直していただきたい部分があるんです」

「本当をいうと書きながら迷ったんだ。〈どのような怪我をしていましたか〉という問いのところだ。知能や性格など、精神面にも悪影響が出ている、と書こうと思ったが、事故の後遺症かどうか断定できないだろう。それでやめたんだ。あれではやはり不十分だったか」

「不十分の反対です。先生はこうお書きになってます。〈事故直後はサングラスで隠していましたが、顔が醜くはれ上がっているのははっきり分かりました。一年たったいまでも恐ろしい顔をしています〉。これは書きすぎではありませんか」

「とんでもない。控えめすぎたくらいだ。後遺症がいまも続いている方が保険金をもらうのに有利だろう。何よりも実際、恐い顔をしているし」

「この顔は後遺症なんかじゃありません」

「えっ、生まれつきだったのか。実は、生まれつきかとも思ったんだが、とても自然に発生するようなものではないと思って、あれは事故のせいだと自分にいい聞かせていたんだ。だが、生まれつきなら事故よりももっと悲惨だ。そういう人にこそ手厚く保険金をふるまうべきだ。手厚く葬ってもいいくらいだ」

「手厚く葬ってもらえない人よりはましです。とにかくここは書き直してください」

「〈事故の前から恐い顔でした〉と書いたら満足するかね」

「事故に無関係なことを書いても意味がないでしょう」

「〈顔は一時変形したが、いまでは不幸にして元の状態に戻っている〉ではどうかね」

「〈不幸にして〉は不要です。事実だけを書いてください」

「本当に事実を書いてもいいのか。〈事故にあったことをどうして知りましたか〉という項目に、わたしは〈本人がそういっていました〉と書いたが、事実を述べるのなら〈なお、本人はしばしば間違った発言をします。わたしの書くことも信用できません〉と付け加えるべきだ」

「常識の範囲で書けばいいんです。それができないんですか」

結局わたしはため息をつき、書き直した。宗教裁判で自分の地動説を放棄させられたガリレイは、「それでも地球は動いている」とつぶやいた。

書き直しながら「やはりいまでも恐い顔だ」とつぶやいた。

拝啓　土屋賢二殿

中井貴恵

思い返せば、私が先生の文章を初めて目にしたのは、かれこれ二年前のことでした。友人の一人が「ちょっと、これ読んでご覧よ」と「通販生活」という雑誌の先生のエッセイを切り抜いて持ってきたのです。

「中年女が最高」。タイトルはたしかこのようなものだったと記憶しております。冒頭で先生は中年女の定義づけを「三十歳から八十歳の女」とし、中年女を「人類の進化の頂点」に位置づけておられました。三十代とあっという間に訣別してしまい、またその辺の男どもがみんな女々しく見える今日この頃の私のハートは、先生の文章にくぎづけになりました。先生はこの文章の中で中年女の「明るさ」や「おおらかさ」について、とても一国立大学教授とは思えないような、直喩隠喩、擬人法、意味不明な日本語を羅列して言及されており、たった二ページのコラムを読み終えた私は、あきれてものも言えないほどの感動につつまれました。一緒にいた友人たちと、「この土屋賢二って、顔知ってる？」女子大教授、しかも哲学科だって。」「知らな〜い。きっとさ、脂ぎって、ポマード塗りたくってる小太りのオヤジじゃない？」とおおいに盛り上がりました。

さてそんな私に先生のご尊顔を拝するまたとないチャンスがやってきたのは昨年の十二月のことでした。

ちょうどその頃某航空会社の機内誌に対談のページを受け持つことになった私は、「どなたか対談をしてみたい方っていますか？」という編集部の質問に間髪いれず「はい、土屋賢二さん。」と答えたのでした。大学教授、しかも哲学科という肩書きが効いたおかげか（またはその編集者が先生の書物をきちんと読んだことがなかったためか）、対談の話は現実となり、ついに私は本物の土屋賢二なる人物とお会いするチャンスを得たのでした。

実際にお会いした先生は脂ぎっている小太りのポマードべったりのオヤジという想像とは全くちがい、そのオヤジからすべての脂肪分を取り除き、ポマードも取り除き、三カ月くらい天日干しにして、そのあと乾燥機にかけたような方でありました。

私は先生のファンクラブ会長を自称しているほど先生の文章のファンであることを告げ、「日常生活を笑い飛ばす」と題した対談は滞りなく終わりました。私は頂いた先生

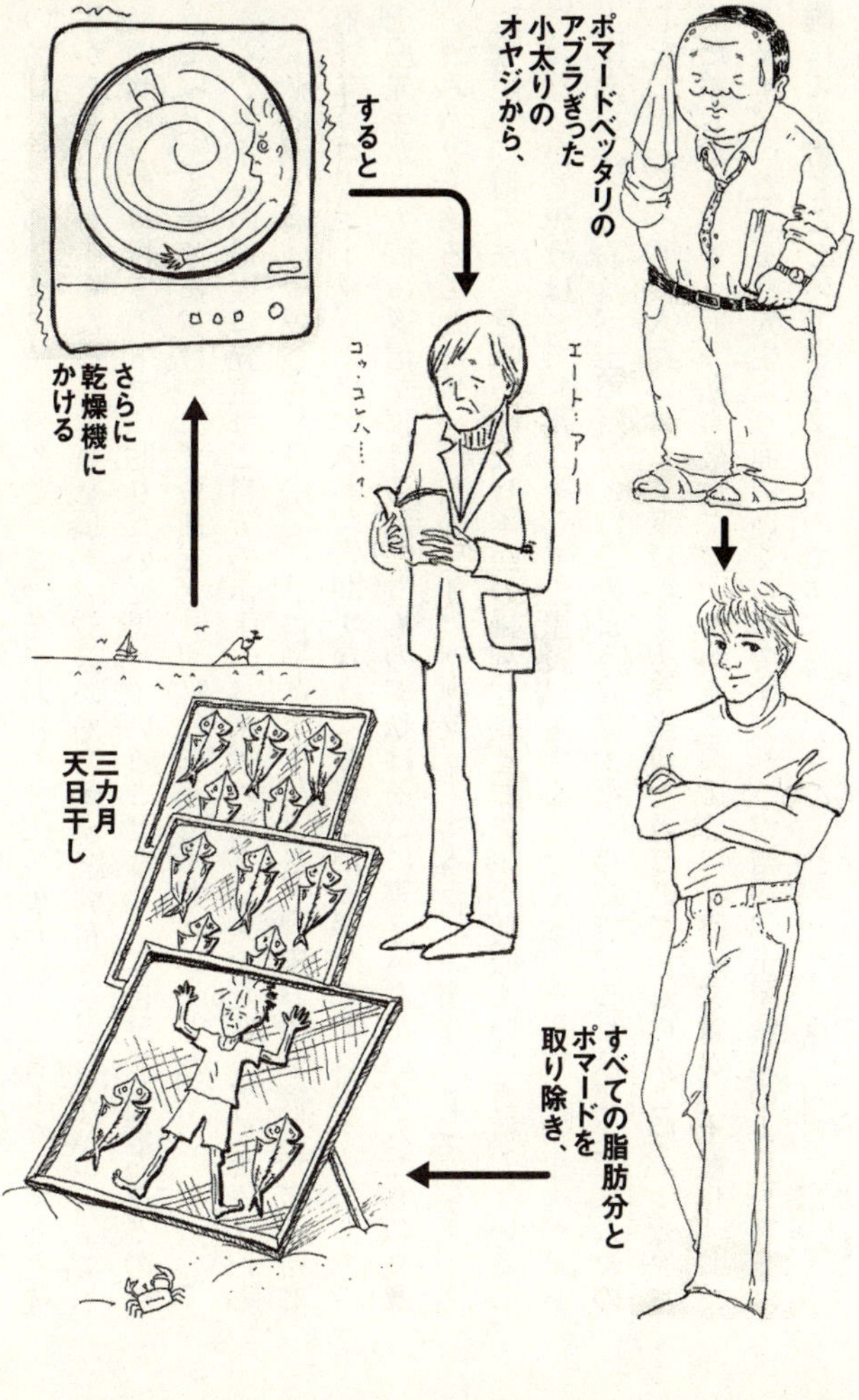
ポマードベッタリの
アブラぎった
小太りの
オヤジから、
すべての脂肪分と
ポマードを
取り除き、
三カ月
天日干し
さらに
乾燥機に
かける
すると
エート…アノー
コッ・コレハ…イ

の名刺を宝物のように持ち帰ると、さっそくお礼のメールをお送りしました。すると先生からもとても丁寧なるご返事を頂き、対談のあとずっと興奮さめやらなかったこと、私のサインを教授室のドアに貼りたいと思っていることなど、ご自分の気持ちをこの時点ではとても素直に、けっして歪曲などせず私に伝えてくださいました。

このメールの最後に先生はご自分のホームページのアドレスを記載してくださったので、私はさっそくアクセスしてみることにしました。ＨＰの中の掲示板（別名けんじ板）なるコーナーは、アクセスした人間がなんでも書き込みができるコーナーで、あの土屋先生からも直に返信を頂けるというもの。私はそこに書き込んでいる人たちの文章を読みハタとあることに気づいたのです。？？？……全員「土屋化」している……。直喩隠喩、擬人法、意味不明な日本語の羅列、まるで先生が何人もいて寄稿しているのではないかと思うほどでした。そして土屋賢二を中心になんとも不思議な結束力がＨＰ上にみなぎっており、土屋賢二とはこのように偉大なる存在で、これほどまでに人々の心をつかみ、そして人々の書く文章にかくも悪影響を及ぼしているのかと啞然となりました。しかし、そういう私も最近ではすっかりこのように、書く文章が「土屋化」しています。へたすると先生より面白いくらいです。そう、結局、土屋賢二のような文章は誰にでも書くことのできる文章なのです。

さて先生が趣味でジャズピアノを楽しんでおられることは皆さんご承知のことと思いますが、私は友人たち（この六人は私が会長を務める土屋賢二ファンクラブの会員です）とかねてから先生のジャズを一度聴いてみたいね、と話していました。

メル友になった先生に是非ライブ情報を知らせてください、と冗談半分に申し出ますと先生はそれをまともに受け、ライブスケジュールなるものを送ってくださいました。都内の某ライブハウスで月に三～四回、ライブをやっているというので我々は先生になんの前触れもなく突然ライブハウスを奇襲する計画を立てたのです。

しかし奇襲を計画したもののちょっと不安がよぎりました。ライブハウスのことだからきっと薄暗く、広い会場に私たちがコソッと入っていっても演奏に夢中になっている先生には最後まで気づかれないで終わってしまうかもしれない。土屋賢二ファンできっと満席、我々が座る場所もないのでは……。しかしファンクラブ会員一同はすっかり乗り気で、ある日我々は一路そのライブハウスを目指したのでした。

都内某所、かなりへんぴな場所にあるそのライブハウスにつくと私はおそるおそるドアの取っ手に手をかけました。1、2の3。心の中でそうつぶやきドアを押し開けると私の目の前に広がったものは、満員の客でもグランドピアノでもバーカウンターでもなく、なんと「壁」だったのです。

「あれ？　壁……」「え、何？　ドアの向こう、壁なの？」「うん、壁。」間違えて物置のドアでも開けてしまったのかと私がおそるおそる首をつっこんで右方向をみると、広いと想像していたライブハウスはほんの六畳一間ほどで、その突き当たりにグランドピアノ、ドラムセットが押し込められており、その隙間にいる何人かの人間がふいに開けられたライブハウスのドアにちょっと不安な様子でうごめいたことがわかりました。この不安は「いつもは来ないはずの客がきた」という不安以外のなにものでもないことは私にすぐわかりました。奇襲前に抱いていた様々な不安はこの瞬間すべてかき消されたのです。

私はその中の一人に、かの土屋先生を発見したので、「先生、こんばんは」と声をかけました。すると一瞬先生は「?」という顔をされ、そのあと「俺はこんな女、みたこともない」というそぶりをされたのです。「なんだ、この間まではお目にかかれて嬉しかったみたいなことメールに書いていたくせに。これだから大学教授ってイヤ。」と内心ちょっとむっとして店の中に入っていくと（といっても一歩踏み出したらもうそこは十分店の奥だったのですが）、先生は大あわてにあわてて、声が裏返り、額にうっすら汗し、「あ〜〜〜う〜〜〜〜」とまた直喩隠喩、擬人法、意味不明な日本語を発したのでした。演奏者五人に客は「中年女」六人、はっきりいってこの場所にこんなに大勢の人が入ったのは開店以来初めてで最後のことだったと思います。ジャズの演奏は私の耳の調子が悪かったためか、とても素晴らしく、特に先生のまっすぐに伸びきった指先から奏でられるジャズピアノは圧巻でした。私たちは店にあるだけのワインやビールを注文し（お酒を飲んで耳の調子が良くなってきたらどうしようという不安と闘いながら）、最後の最後まで土屋賢二クインテットの演奏を楽しみました。

帰り際に「先生、きょうのこと文春に書いてね！」とまた冗談半分にいったことを先生はまともに受け、その数週間後、この日のことが週刊文春に載ったのです。

「中年女の去った後」これがその週のタイトルでした。「中年女六人は六〇〇人の存在感に等しい」という定義づけから始まるこの文章は、当然のことながらそのほとんどが我々中年女に対する賛辞で占められており、ファンクラブ会員番号2などは「生まれてこの方こんなにほめてもらったことは親にすらない」といって涙したほどでした。

その一編がこの「ツチヤの軽はずみ」に納められていないことは残念でなりません。

そんな先生との心温まる交流のおかげか、ついに先生から私に、御著書の解説のご依頼を賜ったのでした。私にとって先生の解説を書かせて頂くなどという仕事は、今まで日本の芸能界だけで仕事をしてきた女優が、ハリウッドに進出するような快挙です。もちろん謹んでお受けすることにいたしました。

『ツチヤの軽はずみ』はとても一大学教授が書いたとは思えないほど幼稚な内容です。ですから中井さんにも理解できるはずです。」これが先生からのご依頼のお言葉でした。お言葉通り私にも十二分に理解できた本書の内容に基づき、ここまで長々と詳しく解説を書いてきましたが、考えるに、この先生自らのお言葉がこの本の解説に一番ふさわしい一文だったのでは、と思っております。

先生ごめんなさい。もしかしたら私、本文より面白い解説を書いてしまったかもしれません。次回私が解説を書く時は、本文と解説の占めるページの割合、逆にしてくださいね。

二〇〇一年夏

追伸　尚、文中のイラストは冗談で先生に個人的にお送りしましたのに、おそれ多くも文庫の紙面を飾ることになりました。これは私が代表を務めます「大人と子供のための読み聞かせの会」が誇る画家、平野知代子（ファンクラブ会員番号3）の作品。まさに彼女の正直な人柄がにじみ出たイラストです。使用後はどうぞ額に入れてご自宅のリビングへ……。

（女優・エッセイスト）

単行本　一九九九年二月　文藝春秋刊

文春文庫

定価はカバーに
表示してあります

ツチヤの軽《かる》はずみ

2001年10月10日　第1刷
2004年3月25日　第5刷

著　者　土《つち》屋《や》賢《けん》二《じ》
発行者　白川浩司
発行所　株式会社　文藝春秋
東京都千代田区紀尾井町3-23　〒102-8008
TEL　03・3265・1211
文藝春秋ホームページ　http://www.bunshun.co.jp
文春ウェブ文庫　http://www.bunshunplaza.com
落丁、乱丁本は、お手数ですが小社営業部宛お送り下さい。送料小社負担でお取替致します。

印刷・凸版印刷　製本・加藤製本

Printed in Japan
ISBN4-16-758804-8

評論とエッセイ

（　）内は解説者。品切の節はご容赦下さい。

近藤誠
乳がんを忘れるための本
乳房温存療法がよくわかる

胸にシコリを感じて不安に思う方。乳がんと告げられたばかりで担当医が勧める治療をうけたものかどうか迷っている方へ。乳房温存療法の可能性を探りつつ、原因、動向、診断を論じる。

こ-22-5

佐藤清彦
にっぽん心中考

元新聞記者の著者が、膨大な資料をひもといて古今の情死事件にアプローチ。愛新覚羅慧生、有島武郎、坂田山心中ほか、世相を映す心中事件の様々を、独得の語り口でよみがえらせる。

さ-26-2

斉藤政喜・イラスト内澤旬子
東方見便録
「もの出す人々」から見たアジア考現学

中国学生寮の流しそうめん型便器、ネパール奥地のウンチを食うブタ。アジア各地を巡り辿りついた奇想天外なトイレの数々を、詳細なイラストとともに紹介する前代未聞のトイレ紀行。

さ-33-1

里見真三
すきやばし次郎 旬を握る

前代未聞！　パリの一流紙が「世界のレストラン十傑」に挙げた江戸前握りの名店の仕事をカラー写真を駆使して徹底追究。本邦初公開の近海本マグロ断面をはじめ、思わず唸らされる。

さ-35-1

斎藤美奈子
読者は踊る

私たちはなぜ本を読むのか？　斬新かつ核心をつく辛口評論で人気の批評家が、タレント本から聖書まで、売れた本・話題になった本二五三冊を、快刀乱麻で読み解いてゆく。（米原万里）

さ-36-1

里中哲彦
鬼平犯科帳の真髄

「鬼平犯科帳」全篇をつうじて、いちばん幸せな男は誰か？　鬼平役者の秘話あれこれ等、テレビから映画に到るまで、本格派のファンが気持を気ままに綴って笑いを誘う副読本。（梶芽衣子）

さ-37-1

（　）内は解説者。品切の節はご容赦下さい。

齋藤孝
スラムダンクな友情論《ゆうじょうろん》
『スラムダンク』『稲中卓球部』から坂口安吾『青春論』、小林秀雄『私の人生観』まで、少年時代に読むべき名著を例に、教育界の寵児・齋藤孝が十代の読者へ贈る、まっすぐで熱い友情論。

さ-38-1

塩田丸男
人体表現読本
なぜ「顔が広い」「足を棒にする」などと言うのか。「木で鼻をくくる」「臍で茶を沸かす」など、人間の身体にまつわる表現の数々を各部位ごとにまとめて解説。ことばでからだを知る書。

し-13-4

澁澤龍彦
快楽主義の哲学
人生に目的などありはしない。信ずべきは曖昧な幸福にあらず、ただ具体的な快楽のみ……。時を隔ててますます新しい、澁澤龍彦の煽動的人生論。三島由紀夫絶賛の幻の書。（浅羽通明）
し-21-2

澁澤龍彦＋巖谷國士
裸婦の中の裸婦
古代ギリシャの両性具有像、ベラスケスなどの泰西名画からヘルムート・ニュートンまで——晩年の澁澤が、偏愛する裸体画の文化的背景を軽妙につづった異色の一冊。ビジュアル版。

し-21-3

鈴木秀子
死にゆく者からの言葉
死にゆく者たちは、その瞬間、自分の人生の意味を悟り、未解決のものを解決し、不和を和解に、豊かな愛の実現をはかる。死にゆく者の最後の言葉こそ、残された者への愛と勇気である。

す-9-1

鈴木博之
東京の「地霊《ゲニウス・ロキ》」
江戸・明治から平成の現代まで数奇な変転を重ねた都内十三カ所の土地の歴史を、「地霊《ゲニウス・ロキ》」という観点から考察した興趣溢れる東京の土地物語。サントリー学芸賞受賞作。（藤森照信）
す-10-1

文春文庫

評論とエッセイ

（　）内は解説者。品切の節はご容赦下さい。

竹内久美子
パラサイト日本人論
ウイルスがつくった日本のこころ

なぜ京都人はケチで恐妻家で、九州人は男尊女卑なのか？ 日本人の特性とルーツを解くカギは寄生者《パラサイト》にあった！ 動物行動学や人類学の先端研究から論じた〃日本人の起源〃。（竹内靖雄）

た-33-4

日高敏隆・竹内久美子
もっとウソを！
男と女と科学の悦楽

オルガスムスと妊娠の関係は？ 人間のペニスはなぜあんな形なの？ 京大動物行動学の師弟コンビが縦横無尽に語り合った知のエンターテインメント。科学とはウソをつくことである！

た-33-5

竹内久美子
浮気で産みたい女たち
新展開！ 浮気人類進化論

女の浮気を社会は厳しく咎める。だけど本当は、女は浮気で産みたいのだ！ 女の浮気心を動物行動学の最新研究から分析、女性には納得を、男性には恐怖を与える驚愕の書！（石田純一）

た-33-6

竹中文良
医者が癌にかかったとき

大腸癌で手術を受ける側に立たされた日赤病院の現役外科部長が、自らの患者体験と、それをふまえて医のあり方、癌告知の是非、死の問題を考えて綴った感動のエッセイ集。（保阪正康）

た-35-1

竹中文良
癌になって考えたこと

「望ましいインフォームド・コンセント」「謝礼問題の根源にあるもの」「在宅医療のこれから」など、大腸癌手術を受けた医者である著者が、予後に遭遇した問題を冷静に考察。

た-35-2

立川昭二
病いの人間史
明治・大正・昭和

樋口一葉、正岡子規、野口英世、乃木希典……近代日本の著名な十人の死病に焦点をあて、暮らし向きや医療事情に触れつつ彼らの〃痛み〃を追体験する名著。意外な事実・写真も満載。

た-52-1

（　）内は解説者。品切の節はご容赦下さい。

近田春夫
考えるヒット
安室に小室にGLAYにSMAP……。すべてのJポップ批評はここから始まった。日本の音楽シーンを震撼させた伝説本の第一弾、全一一五曲収録で満を持して文庫化へ。（宮崎哲弥）
ち-4-1

近田春夫
考えるヒット2
目まぐるしく入れ替わる邦楽シーンを〝つい考えちゃうんだよ〟的思考の愉悦が駆け抜ける。初登場は、椎名林檎、モー娘。、ゆず……。半端なJポップ批評は土下座しろ。（向井秀徳）
ち-4-2

近田春夫
考えるヒット3
宇多田ヒカルは〝B29〟。『北風と太陽』でいえば、つんくは太陽型プロデューサー。だんご3兄弟のエロスについて語り合ってみないか？　全ての答えは本の中に♪（横山　剣・CKB）
ち-4-3

塚本哲也
わが青春のハプスブルク
皇妃エリザベートとその時代
皇妃エリザベート、シューベルト、ヴィスコンティからカレルギー伯爵まで、著者自身の体験も交えながら中欧の歴史と人物を語り尽した〝ハプスブルク・エッセイ〟。（加藤雅彦）
つ-9-2

辻静雄
料理に「究極」なし
新聞記者から転身、あべの辻調理師専門学校を設立しフランス料理の研究、普及に尽力した辻静雄がつづった、料理の楽しみ方からフランス料理研究の粋にいたる著者最後のエッセイ論集。
つ-10-1

ドリアン・T・助川
食べる――七通の手紙
宮沢賢治、川崎のぼる、ポル・ポト、兼高かおる、青島幸男、チャールズ・ダーウィン、和製ギンズバーグ。七人の人物に宛てた手紙型エッセイ集。「叫ぶ詩人」の原点がここにある。（椎名誠）
と-15-1

（ ）内は解説者。品切の節はご容赦下さい。

中津燎子
なんで英語やるの？
英語教育がさかんな日本なのに、首をかしげたくなる問題が多い。これではいけないと中津先生がしたことは？　第五回大宅賞を受賞して、教育界に波紋を投じた英語教育の体験記録。
な-3-1

中野孝次
清貧の思想
日本はこれでいいのか？　豊かさの内実も問わず、経済第一とばかりひた走る日本人を立ち止まらせ、共感させた平成のベストセラー。富よりも価値の高いものとは何か？　（内橋克人）
な-21-3

中村紘子
ピアニストという蛮族がいる
西欧ピアニズム輸入に苦闘した幸田延、久野久ら先人たちや、欧米のピアノ界を彩った巨匠たちの全てが極端でどこかおかしい。個性溢れる姿を大宅賞受賞ピアニストが描く。（向井敏）
な-30-1

中山二基子
老いじたくは「財産管理」から
親子の相続トラブル、熟年離婚の財産分与問題……。家や土地をめぐる家族の悲劇が増えている。自立した老後を送るために、新・成年後見制度の活用法、遺言書の書き方等をやさしく解説。
な-42-1

中西輝政
国まさに滅びんとす
英国史にみる日本の未来
衰退する日本。『大英帝国衰亡史』で毎日出版文化賞・山本七平賞を同時受賞した著者が、英国史に日本の未来を読みとく。二十一世紀を生き延びる国家生存のノウハウとは？　（福田和也）
な-43-1

西尾幹二
異なる悲劇　日本とドイツ
ナチスの「ユダヤ人虐殺」と日本の「戦争犯罪」を同一視する無知に立脚した「戦後補償」論の欺瞞と誤謬を冷徹に解明。「従軍慰安婦」論争の原点ともいうべき話題作。（坂本多加雄）
に-11-1

（　）内は解説者。品切の節はご容赦下さい。

秦郁彦
昭和史の謎を追う（上下）
昭和という新しい時代を待ちうけていたのは未曾有の金融恐慌と関東軍による張作霖爆殺だった。そしてそれ以後も数々の大事件が日本を揺るがす。手堅い実証と明快な推理による現代史。

は-7-4

秦郁彦
現代史の争点
南京事件、七三一部隊、慰安婦問題、家永教科書裁判など、現代史における論争性をはらむトピックを、左右内外のいかなる勢力にもはばかることなく冷静な視点から考察した画期的労作。

は-7-6

半藤一利
指揮官と参謀　コンビの研究
陸海軍の統率者と補佐役の組み合わせ十三例の功罪を分析し、個人に重きを置く英雄史観から離れて、現代の組織における真のリーダーシップ像を探り、新しい経営者の条件を洗い出す。

は-8-2

林健太郎
昭和史と私
昭和の幕開けから昭和天皇の崩御まで――マルクス主義というイデオロギーに歪められた時代の本当の姿を、西洋史家の醒めた眼で捉え直した、世界史のなかの体験的昭和史。（本間長世）
は-23-1

羽成幸子
介護の達人　家庭介護がだんぜん楽になる40の鉄則
誰にでも突然、身近になる「介護」の問題。祖父、祖母、父、母、姑の五人を看取った主婦が明かす介護のヒントが満載。大変だと思っていた介護が、こうすればきっと〝楽しく〟なる!!

は-26-1

日垣隆
情報系　これがニュースだ
一九九〇年代、湾岸戦争から阪神大震災、ペルー人質事件まで、世紀末ニッポンに起きたミクロからマクロな出来事を、気鋭の作家が様々な技法を用いて描いた傑作ノンフィクション・ルポ。

ひ-12-1

文春文庫

評論とエッセイ

（　）内は解説者。品切の節はご容赦下さい。

日垣隆
それは違う！
かつて、「週刊金曜日」が世に問うた『買ってはいけない』に真っ向から反論し、世にはびこる人権問題に異を唱え、環境ホルモン、ダイオキシンに疑義をただす。さぁ、一体次は何だ!!

ひ-12-2

日垣隆
敢闘言 さらば偽善者たち
高みからものを言う人は小心者なのだろう。私は小心者を憎みはしない。私は偽善者を憎む――こうしたスタンスで貫かれたコラム集。世の中が何か変だと思っている方に絶対オススメ。

ひ-12-3

深田祐介
激震東洋事情
「世界の成長センター」アジアが、「世界恐慌の発信地」と喧伝され始めたのはなぜなのか。世紀末の激動するアジアの内幕を鋭く抉りつつ、中国の不気味な軍拡と日本と台湾の命運を探る。

ふ-2-21

福田恆存
私の國語教室
「現代かなづかい」の不合理を具体例を挙げて論証し、歴史的かなづかひの原理を語意識に沿つて解説しながら、国語問題の本質を論じて学界、論壇、文壇に衝撃を与へた不朽の名著の復刊。

ふ-9-3

福田和也
近代の拘束、日本の宿命
日本を閉塞下においた西欧近代の力の源泉、ヒューマニズムの呪縛を解き、豊饒なる復興への道を拓く壮大な試みを提唱。「遥かなる日本ルネサンス」「『内なる近代』の超克」収録。（西部邁）
ふ-12-1

藤岡信勝
「自虐史観」の病理
慰安婦問題等の虚報に政府が迎合した結果、誤った史実が社会科教科書に流入した経緯を検証し、「自虐史観」病に冒されている日本人の歴史観・精神構造を鋭く解明した画期的労作。

ふ-18-1

（　）内は解説者。品切の節はご容赦下さい。

矢野誠一
落語家の居場所
わが愛する藝人たち

激動の世において、常に変わらぬ静かな時間をつくり出しているしたたかな藝、落語。そこで青春を燃焼させ、昭和の名人達から人生を学んだ著者が語る世紀末落語論。（大西信行）

や-16-7

矢野誠一
落語長屋の四季の味

落語に登場する庶民の味（長屋のくひもの）。そこに広がる奥深い世界。美食珍味より毎日食べても飽きない物が好きという著者が、その旨味をおいしく歳時記風に綴る。（大村彦次郎）

や-16-9

山崎章郎
病院で死ぬということ

人間らしい、おだやかな時間と環境の中で、生き、そして最期を迎えるために――人間の魂に聴診器をあてた若き医師の厳粛な記録。これがホスピスを考える問題提起となった。（柳田邦男）

や-26-1

山崎章郎
続 病院で死ぬということ
そして今、僕はホスピスに

人の九十パーセントが病院で死んでいる。その末期医療のなんと粗末なことか――医師のこの痛切な反省が、日本にホスピスの理念をもたらした。生と死の核心に迫る心の書。（永六輔）

や-26-2

山崎章郎
ここが僕たちのホスピス

避けられない死といかにつきあうか。ホスピスとはどんなところで、ホスピスケアはどのような考えをもとに行なわれるのか。自らの「ホスピスへの旅」を通して率直に記した〝死の受容の書〟。

や-26-3

山崎章郎
僕のホスピス１２００日
自分らしく生きるということ

「あなたが死ぬ時まで快適に、あなた自身の意思と選択で生きるために」と願ってホスピスはもたらされた。担当医として末期がんの患者に尽す著者が見た生と死のドラマ。（日野原重明）

や-26-4